CANDELA Y ACERO

CANDELA BENITES DETECTIVE PRIVADO Nº 1

ADRIÁN Y MIGUEL ARAGÓN

Obtén una copia digital **GRATIS** de *Emboscada*: Max Cornell thrillers de acción n.º 1 y mantente informado sobre futuras publicaciones de los autores. Suscríbete en este enlace: https://www.autopublicamos.com/emboscada

DE CAZA

—Nadie me observa, podré cazar tranquilo —se dice el Predicador y sonríe de manera perversa. Con la mano derecha sostiene un cartón de vino barato, parte de su imagen de vagabundo. Y con la izquierda acaricia las empuñaduras de sus dos «sabuesos», los cuchillos de caza que lleva en el bolsillo.

Desde la penumbra que le proporciona el acceso a una vieja ferretería vigila con disimulo la acera de enfrente. Parece un indigente más que puebla las aceras nocturnas de la ciudad y en el que nadie se fija.

—Ahí está —dice clavando los ojos en el hombre alto que sale cargando dos bolsas fucsias del restaurante japonés—. Puntual como todos los miércoles. Menú para dos.

El Predicador es meticuloso, observa a sus presas durante meses, aprende sus costumbres, memoriza itinerarios; y todo ello sin que sus víctimas se percaten de que están siendo vigiladas.

Hay muy poca gente por la calle porque se juega un importante partido de semifinales de la Liga de Campeones.

De vez en cuando se escuchan los aplausos y gritos de gol que escapan desde bares y ventanas abiertas.

El hombre de la comida japonesa camina despreocupadamente, hablando por el móvil con alguien de su oficina. El cazador le sigue unos metros por detrás, parapetándose tras los coches aparcados. Están llegando al edificio de la víctima, que se detiene un par de minutos ante el portal mientras hace malabares con las bolsas y el móvil, y busca las llaves en su mochila. El cazador tiene tiempo de sobra para ocultarse tras la marquesina de la parada de autobús, a menos de dos metros de la puerta.

El hombre sigue inmerso en su conversación y no se percata de la sombra felina que se cuela tras él antes de que se cierre el portón de entrada.

El Predicador se deleita imaginando la cara de horror de su víctima cuando descubra lo que le está esperando en casa.

—Eres especial, Manuel, llevo tanto tiempo deseando hacerte sufrir —piensa el cazador—, y por ello te espera una sorpresa en tu salón.

No es un asesino primerizo, ha tenido ocasión de «practicar» varias veces antes de esa noche. La prensa le ha bautizado como el Predicador, y no le disgusta el nombre porque en verdad está predicando, igual que Moisés cuando bajó de la montaña con la palabra de Dios grabada en piedra. Él también transmite la palabra, pero grabada en carne. Desde que La Orden entró en su vida, su existencia ha cobrado sentido: ser un instrumento adiestrado para conseguir que su causa triunfe. Un instrumento muy eficaz y sanguinario.

Manuel sale del ascensor al rellano del tercer piso canturreando la cancioncilla de un anuncio. Se quedó sin cobertura y tuvo que colgar la llamada. El cazador se ha deslizado con rapidez escaleras arriba. Sigiloso, aguarda entre las sombras tras la puerta del ascensor.

—¡Cariño! —El hombre abre la puerta y le da un empujoncito suave con el pie para que se cierre sola tras él—. ¡Traigo la cena!

No hay respuesta.

—¿Hola?

No hay respuesta.

Suelta las llaves en un cuenco de la entrada y frunce el ceño, Ingrid siempre está en casa cuando él llega con la cena. Extrañado, y con las bolsas aún en la mano, enfila el pasillo. El cazador le sigue un par de pasos por detrás con los cuchillos ya desenfundados. Manuel asoma la cabeza por la puerta de la cocina. Nadie. Sigue caminando por ese largo pasillo típico de los pisos antiguos del centro de Madrid. Un baño, el despacho, un dormitorio, otro. Nadie.

Al Predicador ni siquiera le sudan las manos, no le tiembla el pulso, conoce el guion de lo que va a suceder esa noche. Está sereno, como las veces anteriores, con la mirada fija en la espalda de su víctima.

—¡Ah!, hola, cielo. —Manuel ve la cabeza de Ingrid asomando tras el sofá. Está sentada y, como el sillón mira hacia las ventanas, solamente le ve la coronilla—. ¿No me oyes? Seguro que ya estás con los cascos enchufada a tu serie en la tableta.

El hombre rodea el enorme chéster y se queda paralizado al ver que Ingrid está sentada, amordazada, atada de pies y manos con unas sogas. Un reguero de sangre le cae desde la frente tiñendo la blusa con una extensa mancha roja. Está pálida y tiene los ojos cerrados. Manuel aún no recupera la respiración, pero el ruido de las bolsas de comida al chocar contra el suelo lo saca de su ensimismamiento. Se acerca a toda velocidad a su mujer.

—Pero ¿qué...? —No entiende qué está pasando, le tiembla todo el cuerpo y le cuesta respirar. Coge la cara de

Ingrid entre ambas manos. La acaricia. Está inconsciente—. ¡Ingrid, despierta! ¿Qué ha pasado?

Ella abre los ojos despacio, aturdida, oye la voz de su marido, pero está débil y le cuesta enfocar la vista. Le deslumbra la luz y vuelve a cerrar los ojos. Manuel observa las sogas de las manos, están tan apretadas que le han desgarrado la piel de las muñecas, las tiene en carne viva.

Está mareada, pero consigue concentrar las pocas energías que tiene en parpadear con fuerza. Lo primero que logran ver sus ojos es una difusa figura que sonríe maliciosa detrás de su marido. Le entra el pánico. Una chispa de lucidez la despeja de golpe, reconoce esa cara, el miedo le hace revivir el ataque que ha sufrido. Intenta gritar para avisarle a Manuel del intruso, pero algo le cubre la boca y no consigue soltar más que un gemido ahogado.

Demasiado tarde, el cazador se abalanza sobre Manuel agarrándolo por el cuello con fuerza y apretando un cuchillo contra su yugular. La presa no puede zafarse, el Predicador es muy fuerte. Cae de rodillas. Ingrid está tan débil y paralizada por el terror que no puede forcejear ni golpear al atacante, solo le queda observar los acontecimientos.

—Por fin ha llegado este momento, Alcázar. —La voz del asesino sisea en su oreja como una serpiente. Está saboreando el terror de su víctima. El olor de la sangre, del sudor salado, del miedo llena la habitación. Manuel apenas puede respirar bajo ese tenaz abrazo. Todo se oscurece a su alrededor.

—Prepárate para convertirte en el mensaje. —Con un movimiento rápido y calculado le propina a su víctima un fuerte golpe en la cabeza con la empuñadura de su cuchillo de caza. Manuel cae al suelo, inconsciente, y la sombra del atacante se abalanza de nuevo sobre Ingrid. Lo último que ve, antes de perder el conocimiento, es el destello de los dos cuchillos que se acercan lentamente hacia ella.

Está hecho.

~

UNAS HORAS MÁS TARDE, en plena noche, un hombre bien vestido, con una mochila y satisfecho consigo mismo sale de la casa del matrimonio Alcázar, dejando la puerta abierta. Un haz de luz sale del piso e impacta en el rellano. Se concentra en un tramo de la escalera, en el que deposita un pequeño obsequio. La puesta en escena es fundamental y él lo sabe. Todo está preparado para que el mundo entero descubra su nuevo regalo. El Predicador acaba de dejar un mensaje, pero su obra está inacabada... Todavía quedan muchos invertidos, desviadas y simpatizantes que deben ser erradicados.

2

UNA PESADILLA

—¡Ya va, ya va!

Candela aún no ha abierto los ojos, no sabe qué hora es, pero lo que sí sabe es que va a asesinar al que está fundiendo el timbre de su puerta. Se levanta de mala gana, embotada como si tuviera resaca, y se tropieza con la pata de la cama.

—¡Me cago en...!

Un dolor intenso, como si un martillo le hubiera machacado los dedos del pie, le sube por toda la pierna. Medio cojeando y maldiciendo alcanza la puerta y gira la pestaña de latón de la antigua mirilla.

—Martín, ¿qué narices haces aquí tan temprano? —Candela se alegra de ver a su padrino y socio capitalista de su agencia de investigación Benites Consulting. Está deseando contarle lo bien que ha ido la vigilancia de anoche—. Espero que por lo menos hayas traído algo que compense el madrugón.

El hombretón alza un poco los brazos. Un gran vaso de cartón blanco y una cajita con el logotipo del Horno San Onofre llenan las pupilas de Candela, que abre la puerta a toda velocidad, salivando con el aroma que desprenden el café y la bollería recién hechos.

—Ahora sí que son buenos días. —Candela sonríe, le hace un gesto a Martín para que vaya al salón, coge el vaso de cartón con una mano y levanta la tapa de la caja con la otra —. Mmmm… ¡Rosquillas de Alcalá! —Los ojos le brillan como si hubiera descubierto la moneda del Ratoncito Pérez bajo la almohada—. No sabes cuánto necesitan mis venas este desayuno. Anoche, al final, estuve hasta las tres de la madrugada plantada en la puerta del hotel Axor del aeropuerto, pero ha merecido la pena, las fotos que he sacado de ella dándose el lote con el amante han salido perfec…

Candela se da cuenta de que el gesto de Martín es extremadamente serio, desencajado. Ni siquiera la mira a los ojos. Se frota las manos sobre los muslos del pantalón de arriba abajo. Mal signo. Ella sabe que algo no va bien. Cierra la boca y se sienta en el sofá, a su lado. La última vez que su amigo se comportó así fue cuando le confesó el agresivo cáncer de páncreas de su mujer, Nerea, poco antes de que ella muriera. En una fracción de segundo Candela baraja mentalmente algunas opciones, deseando que no sea ninguna de ellas, pero sobre todo piensa en el avanzado embarazo de su hija mayor. Se le acelera el pulso.

—¿Es Estíbaliz, o el bebé?

Martín niega rápido con la cabeza, pero el silencio se hace muy denso y lo mejor es quitar la tirita de golpe porque en realidad no sabe ni por dónde empezar.

—Esta mañana me ha llamado el inspector Amorós para que fuera a verle a comisaría. —Martín coge las manos de Candela y mira directo a sus penetrantes ojos negros—. Nela, han asesinado a los padres de Vanessa Alcázar.

Se queda con la boca abierta, casi sin respiración.

—Pero qué… —Unas lágrimas involuntarias asoman en los ojos de Candela—. ¿Cómo…?

No pueden ser ciertas esas palabras. Tiene que ser un error. De repente el mundo gira sin control a su alrededor. De fondo, le llega la voz de Martín mientras sigue hablando, pero no consigue escuchar nada, solo su respiración y un fuerte pitido que le retumba en la cabeza. Las paredes de su salón desaparecen y en su lugar ve dos enormes pantallas de cine en las que se reproducen en bucle las imágenes del asesinato televisado de su amiga Vanessa. El caos posterior. Los ojos en blanco de su amiga en un cuerpo que convulsiona en el suelo empapado en la sangre que brota a chorro del agujero de su pecho. La sonrisa lunática del asesino blandiendo el cuchillo justo antes de ser abatido a tiros por un policía. La rabia y el dolor infinito de los padres, Ingrid y Manuel, que se funden en un abrazo desgarrador. Han pasado cinco años, pero en las retinas de Candela el recuerdo permanece fresco, como si la pesadilla hubiera sucedido ayer mismo.

—… el Predicador. —Solo esas dos últimas palabras que acaba de pronunciar su amigo la devuelven a la realidad. A Candela le parece que su ensimismamiento solo ha durado dos segundos, pero, por lo visto, Martín lleva un buen rato hablando solo mientras ella asentía como un autómata.

—¿Cómo dices? —pregunta Candela luego de salir de su trance.

El hombre suspira con paciencia y comprende que ella ha estado ausente.

—Te decía que ha sido ese asesino quien los ha matado. Amorós forma parte del equipo que lleva los crímenes del Predicador. Extraoficialmente, me ha llamado en cuanto se enteró de quiénes eran las víctimas porque sabe de tu relación con la familia Alcázar; y si podemos aportar algo a la investigación, también extraoficialmente, no les vendría mal.

—¿El Predicador?

Candela recupera poco a poco los sentidos, pero necesita despejar la mente y concentrarse o caerá en un pozo de tristeza y no podrá parar de llorar. El asesino en serie que sale en todas las noticias y que tiene en jaque a la Policía de Madrid ha matado a sus amigos, y ella debe hacer algo.

Recurre al truco que le enseñó su padre: «fotografía mentalmente las imágenes que te causan dolor, como vivencias, recuerdos, sentimientos, etc.; mete esas fotografías en una caja fuerte oculta en el sótano tras esa puerta roja de tu cerebro que solo tú conoces y que nadie más puede abrir. Ciérrala y cuélgate una llave real al cuello. Pon tu mente investigadora a trabajar, repasa tareas, enumera detalles, busca incoherencias, halla los porqués. Concéntrate, y cuando lo hayas resuelto todo, quítate la llave del cuello, abre la caja fuerte y siéntate a ver las fotografías mentales. Tómate tu tiempo para que el dolor siga su curso y puedas avanzar». Este extraño truco siempre le ha funcionado cuando la vida la ha puesto a prueba… con el asesinato de su propia madre, el de Vanessa, la muerte de su padre y al abandonar el Cuerpo Nacional de Policía.

Martín observa cómo su ahijada se levanta del sofá, respira hondo, se limpia las lágrimas y abre un cajón del escritorio. De un cofre labrado saca una cadena con una llave de plata y se la cuelga al cuello. El policía jubilado sabe lo que ese gesto significa. Antonio, el que fue su gran amigo, compañero de servicio y padre de Candela, le había contado muchas veces su truco para apartar los horrores que veía cada día en el trabajo y poder concentrarse en investigar. Antonio Benites fue un buen policía y enseñó bien a su hija.

—Si te sientes con fuerzas, tendríamos que irnos. —Martín no quiere presionarla, pero hay que ponerse en marcha, las veinticuatro horas posteriores a cualquier asesinato son cruciales—. Hemos quedado con alguien relacionado con los Alcázar. Te voy poniendo al corriente de los detalles en el coche. Vístete.

Veinte minutos después, tras una ducha fugaz y tres largos sorbos de café, los dos salen de casa de Candela. En el rellano del primer piso se abre la puerta y una anciana menuda, enfundada en un chándal de nailon verde fluorescente y zapatillas de deporte ultramodernas, asoma la nariz con un enorme papagayo blanco posado sobre el hombro izquierdo.

—¡Buenos días, Martín! —Es la voz del pájaro la que llena la escalera. Adoración Pascual es la casera de Candela, además de ser un personaje muy querido en el barrio; todo el mundo la adora. Ella siente debilidad por Martín Zumaia y le tira los trastos en cuanto aparece.

—A Berto y a mí nos ha parecido oír tu voz en casa de Candela y no podíamos dejar de saludar a nuestro hombretón favorito.

—¡Buenos días, Dori! —Martín le tiene mucho cariño a la vecina de Candela y siempre le sigue el juego para hacerla sonreír. Le coge la mano y se la besa muy caballeroso—. Cada día tú estás más joven y bella y yo más viejo y gris, no soy digno de tu saludo.

A ella le encantan las zalamerías del grandullón de aspecto rudo que, aunque ya tiene unos años, conserva un encanto especial. A Candela siempre le ha recordado al fornido y elegante Sean Connery de *La caza del Octubre Rojo*, incluso lleva el mismo corte de pelo militar, la barba, los hombros anchos, la voz firme y una mirada hipnótica.

—Nelita, hija mía. —Solo Dori la llama así, con el diminutivo—. ¿Te gustó la ensalada de pasta de anoche?

Adoración se empeña en prepararle infinidad de táperes de cena a su vecina porque dice que no come lo suficiente, que está escuchimizada. Es más, cada vez que Candela sale vestida de deporte para ir a correr al Retiro, Dori se asoma al rellano para apretarle los mofletes como si fuera una niña pequeña, lo que la lleva a prepararle más comida, no vaya a ser que se desmaye mientras corre. La cuida como si fuera su hija. Candela dejó de buscar excusas hace tiempo porque vio que no servían de nada y se rindió a cenar lo que le preparase su vecina sin rechistar.

—Buenísimo, Dori, como siempre, muchas gracias.

La ciudad despierta y un atasco infernal en la M-30 les ha retrasado. Candela y Martín están sentados en la sala de espera de la asociación LGTBIVA en el Barrio del Pilar. Llevan ya un buen rato en las butacas de diseño pop. El lugar parece un hervidero de hormiguitas que no paran de corretear por los pasillos con documentos, cajas, pancartas, etc. La asociación es la organizadora principal de las fiestas del Orgullo Gay que se celebran esa semana en la ciudad y el volumen de trabajo de los voluntarios se desborda. Pero a pesar de toda esa actividad, el ambiente en la oficina se percibe triste, muy silencioso. Caras compungidas, ojos hinchados. Todos los colaboradores y empleados lucen brazaletes negros en las mangas, claramente están de luto por los fundadores de la organización, el matrimonio Alcázar.

—Señorita Benites, señor Zumaia, ya pueden pasar. Les esperan. Al final del pasillo a la derecha. —La recepcionista tiene acento del Caribe, la piel café y cara aniñada, con el pelo rubio a lo afro, que tanto se lleva ahora, y una sonrisa que ilumina toda la sala. Es muy atractiva. Desde que han llegado no ha dejado de echarle miraditas a Candela, y cuando ambos se levantan para enfilar el pasillo y pasan frente a su mesa, le guiña un ojo. Por un lado, se siente halagada, pero, por otro, mira su reflejo en una pared de cristal y no comprende cómo ha podido atraerla con esa pinta: ojeras de la vigilancia de la noche anterior, la cara aún algo descompuesta por la pena, sus rizos rojos, aún húmedos, recogidos en una coleta alta y vestida con una sencilla camisa blanca, vaqueros y deportivas.

Su amiga Vanessa siempre le decía que tenía algo especial, con esos ojos tan negros y facciones de corderito frágil, atraía a ambos sexos por igual. Y ahí está Vanessa de nuevo, el recuerdo intentando escapar de la caja fuerte. Candela sacude la cabeza y vuelve a guardarla bajo llave, pero por poco tiempo.

Al llegar al final del pasillo, y girar, se encuentran con un grupo de trabajadores que salen de lo que parece un salón de juntas, donde en la pared del fondo hay una enorme foto de Vanessa presidiendo la sala. Es la imagen que más veces ha visto Candela en la prensa, una gran manifestación en la plaza de Cibeles con su amiga encabezándola, el brazo en alto en señal de lucha tras una enorme pancarta que reza: «POR TI, POR MÍ, POR TOD@S». A pesar de su juventud, Vanessa Alcázar había sido una de las más influyentes activistas para los derechos del colectivo gay, y su asesinato televisado mientras daba un discurso en una concentración no había hecho sino elevar su figura a la categoría de mártir, consiguiendo atraer a masas de jóvenes de todo el país para apoyar su causa. El clamor de la sociedad fue tan grande y abrumador que los Alcázar decidieron no dejar que el asesinato de su hija cayera en el olvido y lo convirtieron en la base para fundar la asociación LGTBIVA (las dos últimas letras de las siglas de la asociación son las iniciales de Vanessa).

Bajo la fotografía todavía hay tres personas en la sala, dos chicos jóvenes que no apartan la vista de sus portátiles y un hombre de mediana edad que recoge unos documentos de la mesa. Se percata de la presencia de Martín y Candela parados en el umbral. Les brinda una amplia sonrisa y hace un gesto para que lo esperen ahí mismo.

—Candela Benites —saluda el hombre extendiéndole la mano mientras se acerca a ambos—, ese nombre no se olvida fácilmente. Nos conocimos en el funeral de Vanessa.

Ella no lo recordaba en absoluto, pero aquellos días del velatorio y el entierro son una nebulosa de caras en su memoria.

—Soy Bruno Cortez, director de la asociación y amigo desde la adolescencia de Ingrid y Manuel.

—Martín Zumaia. Hemos hablado por teléfono esta mañana. Lamento su pérdida y tener que conocernos en estas circunstancias.

—Sin duda la pérdida de nuestros fundadores ha sido algo devastador para el equipo y la causa, pero para mí el asesinato de mis amigos, y más aún, en estas circunstancias, es… —De cerca, los ojos de Bruno se ven brillantes y enrojecidos, intenta buscar las palabras que definan lo que siente, pero el dolor es tan grande que no puede acabar la frase, coge aire con ímpetu para hinchar los pulmones y recuperar la compostura.

—Gracias por recibirnos, señor Cortez. —Candela intenta disipar la emoción contenida del momento.

—Para nada, gracias a vosotros por acudir tan rápido, vamos a mi despacho para poder hablar más tranquilos.

Acompañan a Bruno escaleras arriba. Candela se fija en la cantidad de personas que trabajan en todos los despachos y las salas de la oficina. El director les va explicando de camino que están desbordados con los últimos preparativos de las fiestas del Orgullo Gay. Es el segundo año que lo gestionan y, además de la gran cabalgata, el pregón, los actos deportivos, culturales y manifestaciones, este año tienen que lidiar con el asesinato de sus fundadores, y cómo eso les puede afectar por las repercusiones mediáticas. Las redes sociales hoy son caldo de cultivo para bulos y noticias falsas, y la organización está publicando en esos precisos instantes un comunicado oficial a través de diversas agencias de medios.

—No me andaré por las ramas. —Bruno mira directo a los ojos de Candela mientras se sienta tras su escritorio—. Quiero contratar tus servicios de investigadora.

Ella levanta una ceja, sorprendida por la oferta, mira de reojo a Martín, quien no parece tan extrañado.

—El inspector Amorós ha sido quien me ha informado de la muerte de mis amigos y sus circunstancias. Aunque debido a que es una investigación en curso y además muy compleja por tratarse de este salvaje asesino en serie, no podía contarme muchos detalles. Pero ha sido él mismo quien me ha facilitado, extraoficialmente, el contacto de Martín. Por lo visto Amorós le tiene en muy alta estima desde que le ayudó a solventar una situación muy delicada y grave con su hijo menor —dice el director.

Candela sabe bien a qué se refiere Bruno. Martín y ella no tienen secretos. Hace unos años, antes de que el inspector Zumaia se jubilase del Cuerpo, estaba al frente de la operación «Jasón», en la que desmantelaron una banda que se dedicaba a asaltar chalés de lujo en la periferia de Madrid. Al principio, entraban en los domicilios cuando estaban vacíos, pero pronto comenzaron los asaltos con los dueños dentro de las casas hasta que, en uno de ellos, la cosa se torció y asesinaron a un propietario. Cuando el grupo operativo detuvo a la banda, resultó que uno de los integrantes era el hijo de Amorós. Había sido el técnico e informático de la trama. Gracias a la gestión de Martín Zumaia con la Fiscalía y el juez, el chico entró en razón, testificó y toda la banda fue desmantelada. Rodrigo pagó su deuda con la sociedad y ha conseguido volver al buen camino de la mano de Martín, por ponerle en contacto con el jefe de la Unidad de Delitos Informáticos, y ahora colabora activamente en la prevención de terrorismo virtual.

—Está bien, Bruno. —En realidad Candela no precisa mucha insistencia para investigar este caso—. Y, exactamente, ¿qué servicios quieres contratar? Necesito confirmarlos para poder hacer la hoja de encargo y que la investigación sea oficial y legal. Hay que demostrar un interés legítimo en el hecho a investigar.

—Como socio empresarial del matrimonio Alcázar y responsable de la asociación, mi mayor preocupación es la seguridad de todos los miembros del colectivo. Si ese monstruo continúa suelto, ¿cuántos de nosotros corremos peligro? Necesitamos que encuentres al asesino de Ingrid y Manuel para llevarlo ante la justicia.

Candela solo asiente con la cabeza, pero su mente ya está investigando desde que Martín le ha comunicado los asesinatos de los padres de Vanessa.

3

EL PRIMERO

El suave sonido de las hojas de los chopos, la brisa de la sierra, el rumor del río y la maravillosa sensación del agua fresca fluyendo entre los dedos. Esa fue la primera vez en su vida que sintió paz. Los ojos sin vida del cadáver de Gabriel mirando bajo el agua le proporcionaron la paz más absoluta que hubiera podido imaginarse. El Predicador ahogó a su compañero en una excursión del colegio al río Guadarrama. Ambos tenían diez años y las burlas, los acosos y las palizas que Gabriel le infligía llamándole todos los días marica de mierda terminaron esa mañana de primavera. Fue su primera víctima, pero la Policía determinó que había sido un desafortunado accidente, que se ahogó en el río sin más. Esa paz es la misma que siente cada vez que asesina a alguien, y la busca, la necesita.

Sentado delante de su «muro de la paz», el Predicador mira los recortes de prensa, las fotografías, y se deleita con todo lo que se escribe sobre él y sus asesinatos. Sus ojos se posan en el recorte del primer crimen que cometió como el Predicador. Ya había asesinado unas cuantas veces, pero fue cuando CustoSpirituali, La Orden, llegó a su vida cuando se convirtió en el Predicador y su vida adquirió un nuevo significado, una meta.

~

—Coronel Espinosa, ¿cómo se siente ahora que toda España conoce su orientación sexual? —La periodista Genoveva Ortega mantiene su imagen imperturbable delante de la cámara, pero por dentro está eufórica, satisfecha consigo misma. Ha conseguido lo que nadie antes había logrado en el país, que un oficial de alto rango en activo del Ejército del Aire conceda una entrevista televisada en directo para salir del armario.

—En realidad no me siento diferente. Únicamente he querido facilitar el camino a otros militares que necesiten ayuda para mostrarse tal cual son.

—Deseamos que su valor sirva de inspiración para que otros miembros del Ejército puedan sentirse libres y compartan abiertamente su condición sexual. Gracias, coronel.

—¡Estamos fuera! —grita el director del programa—. Muy bien, Veva, acabas de hacer historia.

Un aplauso espontáneo surge en el plató por parte de los miembros del equipo. Genoveva se siente pletórica después de tantos meses de duro trabajo para conseguir la entrevista y porque salió todo tan bien. Da las gracias de manera cariñosa a todo el mundo y se dirige hacia su camerino, de repente se siente exhausta por las emociones.

—Enhorabuena, ha sido una de las mejores entrevistas que se han emitido en la cadena.

Los halagos del director de contenidos del canal son el colofón para un día de trabajo perfecto.

Veva entra en su camerino y se apoya tras la puerta un instante con los ojos cerrados, asimilando y saboreando el momento. Necesita estar unos minutos a solas. Pero tocan a la puerta y no duda un segundo en abrirla porque debía de ser más gente que quiere felicitarla.

Sin mediar palabra, una sombra vestida con una camiseta del equipo técnico de la cadena se abalanza sobre Genoveva. Su atacante la pilla por sorpresa y le cubre la boca con la mano, impidiendo que pida auxilio. Forcejean un poco y ella comienza a sollozar porque está convencida de que la van a violar. Ambas figuras caen al suelo, sobre la espalda de la periodista, que se queda sin respiración por el tremendo golpetazo. Nadie fuera de esa habitación parece oír los forcejeos. Veva siente náuseas y ganas de vomitar, ya que todo el peso de él la está aplastando. Huele a una mezcla de sudor y colonia barata. Lo tiene tan cerca que siente su respiración maloliente sobre la mejilla y un hilillo de baba cae de su boca en la piel del cuello de Veva. Ella comienza a ver borroso a su alrededor, los muebles se difuminan y el camerino desaparece lentamente. Siente que está a punto de perder el conocimiento y un par de lágrimas se le escapan por el rabillo del ojo. Eso hace sonreír a su agresor. Solo consigue ver esa sonrisa perversa y unos ojos oscuros que la miran con deseo, pero no es capaz de reconocer la cara de su atacante. El sujeto se aprieta un poco más contra ella, está hirviendo, y siente que se empalma por el miedo de su víctima, duro como una piedra. Es el momento de sacar sus cuchillos.

—Te prometo que vas a sufrir —le susurra al oído con una voz aguda y melosa.

El reflejo de ambas hojas hace que Veva entre en pánico, intentando un último forcejeo para liberarse de su atacante, pero solo consigue que este le clave las rodillas en el vientre con más fuerza y que apoye los filos de sus cuchillos sobre su garganta. Siente que se le clava la punta de ambas hojas y un reguero de sangre comienza a brotar despacio.

—¿Te arrepientes de tus pecados? —pregunta el intruso mientras se pasa la lengua por los labios.

Ella no sabe a qué se refiere, pero no quiere llevar la contraria. Asiente con la cabeza.

—Entonces yo te absuelvo en el nombre del Padre, del Hijo y del Espíritu…

El agresor baja uno de los cuchillos y con él arranca cada uno de los botones de la blusa de Veva, dejando sus pechos al descubierto. Aprovecha para agarrarle uno y sentir el tacto del pecho dentro de su mano: cálido, suave y turgente. Es agradable, pero no le pone, no es lo suyo. Con la otra mano busca un pañuelo para llenarle la boca y evitar que grite. Comienza su particular ritual. Primero le clava un cuchillo en el costado derecho, bajo las costillas. Hunde la hoja despacio, pero profundamente, para alcanzar el hígado y que la víctima se desangre sin apuro. Ella intenta gritar de dolor con todas sus fuerzas, pero ningún sonido sale por debajo de la mordaza. Con la víctima aún consciente, desangrándose, hunde la otra hoja en la frente y se toma su tiempo para escribir la palabra «Amén». El dolor ya es tan insoportable que Veva se desmaya. Instantes después, el asesino le asesta una puñalada directa al corazón y con bastante destreza le corta de un tajo una oreja.

Ha vuelto… el murmullo del agua fresca, la brisa, las hojas de los árboles moviéndose. Por fin siente paz, la paz que necesita y que solo le proporciona matar.

El camerino está en silencio, el cadáver de Genoveva está bañado en un gran charco de sangre. El asesino saca de su bolsillo una bolsa de plástico y con mucho cuidado extrae de su interior un papel, lo deposita en el tocador del camerino y coloca encima la oreja que acaba de arrancarle a su víctima. En la hoja pone: «Pecadores, escuchad la Palabra de Dios».

El Predicador acaba de cometer su primer asesinato para CustoS.

Instantes después, un técnico de sonido abandona el camerino de Genoveva Ortega sin que nadie se haya dado cuenta de lo sucedido. Descubrirán el cadáver una hora después y el asesino ya estará lejos.

El insistente zumbido de un móvil despierta al Predicador, que, de nuevo, ha estado soñando con la primera víctima de La Orden, Genoveva Ortega. Con cada asesinato se siente más poderoso y confiado en sí mismo, y las víctimas de la pasada noche, el matrimonio Alcázar, le han aportado más paz que ningún otro asesinato anterior.

La pantalla del teléfono se ilumina y aparece un mensaje de CustoSpirituali:

«Reunión de miembros en la sede dentro de una hora»

El Predicador se levanta de la cama, silbando y canturreando para meterse en la ducha. Sabe que le van a felicitar delante del resto de miembros por el impecable trabajo de anoche. Está exultante.

4

TÚNICAS PÚRPURAS

LA ENORME CASONA, sede de CustoSpirituali, se encuentra apartada, al final de un camino que atraviesa una gran arboleda. A pesar de que el palacete es de grandes dimensiones, queda resguardado entre las copas de los frondosos abetos.

El Predicador encuentra una fila de coches, aparcados a los lados del camino de acceso, cuando llega a la sede. Estaciona el suyo y, antes de bajarse, se coloca la máscara negra y la túnica púrpura de La Orden. Ninguno de los miembros está autorizado a revelar su verdadera identidad al resto. Por motivos de seguridad para toda la organización deben permanecer en el anonimato. Entre ellos tienen apodos de santos, personajes católicos o bíblicos, o lugares sagrados.

En realidad, el Predicador no sabe con certeza cuántos miembros forman parte de CustoS. En estos dos últimos años, en las reuniones a las que ha asistido, siempre hubo una media de treinta personas por sesión. Pero tiene la sospecha de que la organización es mucho más extensa, es más, está convencido de que posee miembros en el extranjero y lazos con otras organizaciones hermanadas a su causa.

Todavía recuerda lo nervioso que estaba la primera vez que lo convocaron a ese edificio. Más que nervioso, expectante. Todo era nuevo, las máscaras, las doctrinas, el funcionamiento de La Orden, todo le maravilló y envolvió como una manta cálida para hacerlo sentir en casa.

A paso ligero, se aproxima a la escalinata de acceso al edificio. En lo alto de los escalones, junto a las figuras de dos leones alados, está inmóvil el Custodio, o Maestro, esperando a que llegue todo el mundo para cerrar las puertas y poder comenzar la sesión. Es la persona que les convoca y organiza absolutamente todo dentro de La Orden. Su apodo es Jericó.

—Hermano Lázaro. —Es el apodo del Predicador—. Eres el último, ya pensaba que no conseguías llegar a tiempo.

—Lo siento, Custodio, el tráfico de Madrid a esta hora es terrible.

—No importa, tenemos tiempo y muchas cosas de las que hablar.

Jericó siempre se expresa de un modo algo críptico y eso pone un poco nervioso a Lázaro, a quien además le cuesta distinguir si el tono en el que le habla es irónico, serio, grave, de burla… a eso nunca se acostumbrará.

El sonido de los enormes cerrojos de hierro cerrándose a sus espaldas llena todo el salón central del palacete. Es una enorme sala con una grandísima chimenea medieval que ocupa gran parte de la pared del fondo. A comienzos del siglo XIX, esta debió ser la sala de recepciones o el salón de baile. Pero desde que CustoS adquirió el inmueble se ha convertido en su sala de reuniones, con una larguísima mesa rectangular coronada por candelabros y rodeada de sillas estilo Luis XV. Los demás miembros de CustoS ya están sentados alrededor de la mesa, en silencio. Es una sucesión de máscaras negras que les ocultan la mitad superior del rostro, representando cada una de ellas de forma alternativa la «comedia» y la «tragedia» griegas, y todas enmarcadas por las pesadas capuchas púrpuras de sus túnicas.

Lázaro ocupa su lugar, sentado a la izquierda del Custodio.

—Como todos sabéis —dijo, la voz de Jericó resuena enérgica por toda la sala—, esta semana es crucial para nuestra causa. Esos guarros celebran sus fiestas del Orgullo. Así que es el mejor momento para que nuestro mensaje cale hondo en la sociedad y en esos desviados.

Un murmullo de aprobación recorre a los asistentes.

—Además —continúa con su discurso—, hay que felicitar a Lázaro por castigar ejemplarmente a esos dos simpatizantes, el matrimonio Alcázar. Habían conseguido dar demasiada voz y protagonismo a su colectivo, y tenían que pagar por ello. Ya está bien de que contaminen nuestra sociedad, a nuestros amigos, a nuestros hijos, a nuestros vecinos. Que traten de inculcar unos valores que se alejan tanto de la doctrina de Dios. Nuestro Lázaro ha conseguido que se nos oiga alto y claro. No los queremos en esta ciudad y no pararemos hasta erradicarlos.

Unos leves golpes en la mesa, con los nudillos, son los aplausos que sus congéneres le dedican como ovación a Lázaro.

El Predicador no cabe en sí de felicidad, esta es su familia y, desde que lo reclutaron, prácticamente le han enseñado todo lo que sabe. Nunca conoció a sus verdaderos progenitores y por eso ve ahora en Jericó al padre que en realidad nunca tuvo.

—Pero, señores, no nos confundamos, ganar algunas batallas no es lo mismo que ganar la guerra. Debemos continuar con la línea de acción que hemos tomado, por eso, vamos a aprovechar el daño infligido por Lázaro anoche al colectivo y vamos a atacar de nuevo con violencia en diversos puntos de la capital. No se esperarán recibir un nuevo ataque tan pronto. Hay que pillarles desprevenidos. —Jericó habla con un fuerte resentimiento tiñendo sus palabras—. Necesitamos tres equipos de seis voluntarios cada uno para poder llevar a cabo los ataques y sembrar el caos.

El Custodio no tiene que esperar ni un segundo para ver las manos levantadas de todos los miembros de la sala ofreciéndose como voluntarios. No puede evitar soltar una risotada de satisfacción. Todos los miembros de La Orden son fervientes creyentes de la causa y lo han demostrado en numerosas ocasiones.

—Perfecto, Bautista, tú te encargarás de organizar los tres equipos. En la cripta de esta sede están preparados todos los instrumentos para llevar a cabo los ataques: granadas de humo, bombas incendiarias, vehículos robados con matrículas falsas para poder escapar de los escenarios, y armas de corto alcance por si fuera necesario protegeros. La clave del éxito es llevar a cabo los ataques de manera simultánea. Los objetivos son el pregón, el concurso de *drag queens* y la sede de LGTBIVA. Lucas, ¿puedes, por favor, continuar con los detalles de la organización?

Uno de los miembros se levanta y acciona un mando para que descienda una enorme pantalla ante la chimenea, en la que aparece proyectado el plano de las oficinas de la ONG.

—Lázaro —susurra el Custodio posando la mano sobre el brazo del Predicador—, necesito hablar contigo en privado, ven conmigo a la biblioteca.

Asiente con obediencia y ambos abandonan la sala. Sigue al Custodio por el pasillo abovedado hasta la biblioteca del palacete. Es un salón forrado, en tres de sus paredes, de estanterías repletas de libros e incunables que abarcan desde el techo hasta el suelo. Y en una cuarta pared, un gigantesco tapiz con la escena de *La Adoración de los Reyes Magos*. Además, en mitad de la habitación hay un enorme facistol de roble en el que descansan varias cartas cartográficas relacionadas con la conquista de América, originales del siglo XV. El Predicador tiene claro que CustoSpirituali es una organización que dispone de muchos fondos que provienen no solo de donaciones de los miembros, sino de inversiones de capital privado, de grandes empresas que públicamente jamás apoyarían esta causa, pero que, en secreto, colaboran con La Orden en diversos niveles.

Jericó se acerca a las licoreras de cristal, pone hielo en dos vasos y sirve algo que, por el olor, debe ser pacharán. Alarga el brazo y ofrece la copa a Lázaro, que no lo duda y se la bebe de un trago. Está dulce y es suave. No está mal, aunque él prefiere bebidas con más carácter.

—Debo advertirte algo. —Jericó suena preocupado.

—¿Advertirme? —Lázaro no comprende a qué se refiere.

El Custodio saca unas fotografías tamaño A4 de un cajón del gran escritorio y se las entrega. Son imágenes de seguimiento, en ellas aparecen dos personas saliendo de un portal, caminando por la calle, montando en un coche, entrando en un edificio. Son un señor mayor, alto y fornido, y una chica con el pelo de un color rojo vivo que, por alguna razón, a Lázaro le resulta familiar.

—¿Quiénes son? —pregunta fijándose con más detenimiento en los detalles de las imágenes, como la fecha sobreimpresa en las fotos—. ¿Han sido tomadas esta misma mañana?

—Al hombre quizá lo conozcas, pero a esa chica… ya has tenido contacto alguna vez con ella, aunque llevaba el pelo muy diferente. —Jericó termina su bebida—. Su nombre es Candela Benites.

A pesar de llevar la máscara, el Predicador no puede ocultar su gesto de sorpresa. Por supuesto que sabía quién era. Era la policía íntima amiga de Vanessa Alcázar. Por aquel entonces llevaba el pelo violeta, pero no cabe duda de que era la misma persona.

—¿Y la advertencia? —pregunta el Predicador.

—A pesar de que ya no es miembro del CNP, ha montado una consultoría de investigación con el hombretón de las fotos, un policía jubilado que se llama Martín Zumaia. Ambos están al tanto de la investigación de los asesinatos del Predicador, pero, sobre todo, los ha contratado el señor Cortez, el socio empresarial del matrimonio Alcázar, para investigar.

Una chispa de ira brilla en los ojos de Lázaro. Los policías le producen aversión, pero a esta Candela, en concreto, le tiene un odio visceral por su relación con el entorno de LGTBIVA, por su amistad con Vanessa Alcázar.

—Debes andarte con ojo porque ahora van a ir tras la pista del Predicador. Esta mañana se ha visto a Zumaia en la comisaría desayunando con el inspector Amorós, quien lleva el caso, por lo que disponen de la información necesaria para llegar hasta ti.

—Lo tendré.

El Predicador se siente furioso.

—Volvamos.

Ambos regresan al gran salón para finalizar la sesión con el resto de miembros de CustoSpirituali.

5

BATAS Y CADÁVERES

CANDELA Y MARTÍN aparcan el coche frente al edificio de la Facultad de Ciencias Biológicas de la Universidad Complutense, en el campus de Moncloa. Está un poco apartado de su destino, el edificio de la Facultad de Medicina, en cuya fachada trasera se encuentra el IAF, Instituto Anatómico Forense de Madrid. Como es habitual que haya coches de Policía y personal del CNP entrando y saliendo del Anatómico, han decidido que es mejor aparcar un poco más lejos y acercarse paseando, como si fueran dos miembros más del entorno universitario. Candela ha cogido una mochila que guardan en el maletero de Martín.

Ahora, ninguno de los dos son miembros de la Policía y, por tanto, no tienen permitido el acceso ni a los cuerpos ni a los informes forenses de las investigaciones policiales. Pero ambos conservan sus contactos. Así como Zumaia ha recibido ayuda del inspector Amorós, Candela tiene su contacto en el Anatómico y ese contacto le ha explicado en infinidad de ocasiones cómo llegar hasta el IAF desde otros accesos del complejo universitario.

Cuando llegan a la plaza de Ramón y Cajal, en pleno corazón del campus, se dirigen al edificio de la Facultad de Medicina. Sin dudarlo, acceden al vestíbulo central y entran en los aseos públicos que hay frente a la biblioteca. Cuando salen, llevan puestas batas blancas de laboratorio y sostienen dos carpetas, como si fueran una alumna y un profesor de la facultad. Recorriendo el pasillo sur, alcanzan rápidamente el pabellón del IAF. Candela teclea un mensaje en su móvil y ambos se apostan a los lados de la escalera a esperar.

Unos minutos después, el sonido clap, clap, clap de unos tacones asciende por la escalera acompañado por un intenso aroma a jazmín que Candela identifica al instante. Una cabeza rubia se asoma por el hueco de la escalera y lanza un silbido doble al aire, que Candela responde con otro silbido doble. Segundos después, Rosa Torres, la joven y brillante forense alcanza el rellano en el que la están esperando.

—No sé cómo lo consigues —saluda Candela con dos besos y una sonrisa—, pero eres la única forense que he conocido que, en lugar de oler a muertos, huele a jazmín durante todo el día.

La doctora suelta una carcajada sincera.

—Será porque yo misma destilo una esencia de jazmín y elaboro mi propio perfume. Así me aseguro de que no desaparece con el olor de la morgue y que nadie más lo tiene.

Se trata de una chica con el pelo rubio, muy corto, alta y rellenita. Con unos labios carnosos que siempre lleva maquillados de rojo vibrante y tacones que la delatan por todos los pasillos de la facultad. Es una brillante forense, un genio, en realidad, y una mujer un poco excéntrica que ama a los gatos, el *sushi* y los superhéroes. Ha llegado a gastarse una fortuna en una subasta por Internet para adquirir uno de los trajes de la película *Iron Man* usados en el rodaje. Candela todavía tiene pendiente aceptar la invitación de Rosa para ir a su casa a ver la armadura.

—¿Cómo estás, Rosa?

—Bien, pero no te andes por las ramas, que no te pega y tengo mucho trabajo. ¿Qué necesitáis de mí?

—Anoche trajeron los cuerpos del caso del Predicador, ¿no? —pregunta Candela.

—Correcto.

—Sabemos que no puedes facilitarnos detalles del informe forense, pero ¿hay algo que nos puedas decir de manera extra-oficial? El socio empresarial de los Alcázar me ha contratado para colaborar con la investigación y todo lo que nos puedas decir, por poco que sea, nos sirve.

Rosa sopesa la respuesta durante unos instantes.

—Primero, ambos debéis prometerme que, si descubrís algo importante para la investigación oficial, lo compartiréis de inmediato con la Policía —dice Rosa.

Candela y Martín se miran con gesto gracioso, como si fueran dos niños que le prometen a mamá que van a recoger su cuarto después de jugar. Ambos asienten.

—Bien, de las cosas que sí os puedo decir es que tanto el *modus operandi* como las heridas de ambos cuerpos, trayectorias y el arma del crimen coinciden al cien por cien con las víctimas anteriores del Predicador: herida profunda en costado derecho perforando el hígado, después, profundos cortes en la frente en los que el asesino escribe la palabra «Amén» y, finalmente, la herida mortal que perfora el corazón.

Rosa traga saliva y mira a Candela. Se ajusta las gafas al puente de la nariz.

—He oído que tenías relación con las víctimas, ¿no? —pregunta Rosa.

—Sí, eran los padres de una buena amiga que también fue asesinada, hace cinco años.

—Esto que os voy a contar igual te afecta un poco, es un detalle que además no se ha hecho público. A todas las víctimas, el asesino les amputa algo, anteriormente había sido una oreja, los labios, los ojos… y los deja encima de un papel con un mensaje. En este caso, el Predicador se ha tomado más tiempo y les ha extirpado el corazón a ambos con mucho cuidado. Los ha depositado encima de un papel en la escalera comunitaria con el mensaje: «Pecadores, sentid la Palabra de Dios». Junto con los mensajes anteriores se forma una secuencia: oíd la palabra de Dios… pronunciad la palabra de Dios… presenciad la palabra de Dios… y ahora, sentid la palabra de Dios.

Candela siente que una arcada le sube hasta la garganta, pero logra controlarla en el último momento.

—Pero ¡qué hijo de la gran puta! —Martín no puede esconder su repugnancia—. Rosa, ¿y qué nos puedes decir sobre el arma del crimen?

—En eso sí que os puedo dar algún detalle más, incluidas la marca y modelo porque se trata de un cuchillo muy peculiar. El arma utilizada con todas las víctimas es un cuchillo especial de caza de la marca Muela, el modelo Sabueso. Tiene una hoja curva, corta, de once centímetros, ancha, sin dentado en el filo; y se suele utilizar para desollar piezas de caza: jabalíes, ciervos, liebres, conejos, zorros, etc.

—Rosa, una última pregunta… ¿sufrieron mucho? —Candela no puede evitar hacer la pregunta, le lleva rondando la cabeza toda la mañana y necesita saberlo.

—No voy a engañarte, sí que sufrieron mucho, esa primera herida en el costado perforando el hígado era para hacerles sufrir en una agonía lenta.

Una mezcla de furia, tristeza e impotencia se escapa de su

caja fuerte mental. Agarra el colgante de la llave para infundirse entereza y poder volver a encerrar esos sentimientos hasta que termine la investigación.

Rosa no se puede contener y abraza con fuerza a Candela. La pilla por sorpresa y le devuelve el abrazo.

—Gracias por tu ayuda, Rosa. De todas formas, ya sabes que la oferta de colaboración que te hice para que trabajemos juntas sigue en pie. Piensa en lo genial que sería poder trabajar codo con codo todos los días.

Rosa sonríe ampliamente y le da otro abrazo a Martín.

—Tomo nota, no te digo un no definitivo porque a lo mejor te tomo la palabra más adelante, pero, de momento, aquí me necesitan.

El sonido de sus tacones vuelve a escucharse mientras Rosa se pierde escaleras abajo.

Martín y Candela vuelven a salir por el mismo camino por el que entraron a la Facultad de Medicina. Ya se han quitado las batas cuando cruzan la plaza de Ramón y Cajal.

—Pero ¿qué ven mis ojos? —Una voz familiar resuena en sus espaldas.

A Candela se le eriza el vello de todo el cuerpo. La última persona a la que quisiera ver sobre la faz de la Tierra está justo a detrás de ella.

—Hombre… el inspector Medina de «Comtessa» —dice Candela.

Ella sabe que ese no es su apellido y que, además, le jode mucho que le llamen como a esa tarta. No falla nunca, el hombre empieza a ponerse rojo de ira y está a punto de contestarle alguna grosería, cuando Martín interviene.

—Hola, inspector Ángel Medina de Montesa, no veo a

ningún camello, proxeneta o corredor de apuestas por aquí cerca, así que, ¿qué se le ha perdido por aquí?

—Basta de gilipolleces, Zumaia. —Medina levanta el dedo y se lo planta justo delante de las narices a Martín—. Como os pille a alguno de los dos inmiscuyéndoos en la investigación oficial del Predicador, juro que os encerraré por obstrucción. —Quita el dedo de la cara de Martín para ponerlo ante la cara de Candela y susurrarle, para que Zumaia no pueda oírlo —. Y tú, mi pequeña zorrita, ¿no me has echado de menos? Porque yo a ti sí. Ese culo prieto contoneándose por la comisaría… Mmmmm… qué pena de culito. Sabes, en el fondo no me importa que tú la cagues, así podría encerrarte en el calabozo y terminar la historia que dejamos a medias.

—¡Este tío es un cerdo! —piensa Candela. Le entran ganas de partirle la cara hasta dejarlo inconsciente en el suelo. No le costaría mucho hacerlo, Medina es un bravucón, es lento, y ella muy rápida dando golpes y patadas. Pero no ganarían nada con eso. Decide que es mejor contar hasta diez y largarse de allí.

—Zorrita. —Medina tiene ganas de encender a Candela para ver si pierde los nervios, y le susurra—: Cuando te canses de pasar el tiempo con ese vejestorio, piensa que yo te follaría como no te lo han hecho nunca.

—¡Me das asco, Medina! —Candela tiene ganas de escupirle a la cara.

El inspector sonríe triunfalmente, pasándose las manos por el pelo engominado hacia atrás, se agarra el paquete con una mano y le lanza un beso con la otra a Candela. Martín está rojo de ira, furibundo, cierra los puños y comienza a echar el cuerpo hacia delante para abalanzarse sobre Medina. Pero Candela lo percibe por el rabillo del ojo y con un gesto rápido y firme agarra el brazo de su amigo antes de que las cosas se pongan peor.

—Lo mejor será que nos vayamos de aquí —dice ella mirando a Medina de arriba abajo con desprecio—. La basura comienza a apestar.

Nada más arrancar el coche, Candela le pide a Zumaia que le haga un favor y la acerque a la comisaría.

—Sabes, Martín, volver a encontrarme cara a cara con ese hijo puta de Medina ha reabierto una herida que pensé ya había cicatrizado, pero está claro que no. Solo puse una tirita y dejé que se enquistara. Tengo que solucionar este asunto definitivamente.

Martín conduce en silencio, pero la determinación en las palabras de Candela le parece importante.

—Tenías que haberlo hecho hace mucho tiempo. Sabes que te apoyaré en cualquier decisión que tomes. La única decisión que no compartí en el pasado fue que abandonaras el CNP, pero entendí tus motivos. Y sí, tienes razón, es hora de que pongas punto final a esto. Ese cerdo no puede quedar impune.

El resto del trayecto viajan en silencio, absortos en el tráfico de la ciudad.

Candela entra en la que había sido su antigua comisaría, Leganitos. Tiene sensaciones contradictorias con ese lugar. Por un lado, siente mucho cariño porque fue la comisaría de su padre y de Martín, pero por otro, también se convirtió en el escenario de su peor pesadilla, aquello que le hizo renunciar a su sueño de pertenecer al CNP.

—Hola, Cerezo —Candela saluda a la oficial que está de turno en el mostrador de acceso —. Vengo a poner una denuncia de acoso contra el inspector Medina de Montesa. Así que quizá deberías avisar también al comisario Leyva para que esté presente durante la declaración de la denuncia.

La cara de Cerezo adquiere un tono blanco como la cal y descuelga el teléfono a la velocidad de la luz para avisar al comisario Leyva. Solo tarda unos segundos en recibir respuesta.

—De acuerdo, Benites, te esperan en la sala cuatro. Ya sabes el camino.

—Desde luego.

Cuando Candela se había levantado de la cama esa mañana no esperaba lo que le iba a deparar el destino, tanto por los asesinatos de Ingrid y Manuel como por encontrarse con el inspector Medina, ambos hechos han sido desencadenantes para que su vida haya girado ciento ochenta grados en cuestión de horas. Candela agarra la llave de plata que tiene colgada al cuello y respira con fuerza, ya no hay vuelta atrás.

6

UN BULLDOG

La mañana ha sido tremendamente intensa: el asesinato de los Alcázar, la asociación LGTBIVA, el Anatómico Forense, Medina y, sobre todo, las horas de declaración hasta completar la denuncia que por fin ha interpuesto (después de un tiempo sin armarse de valor) contra el inspector Medina de Montesa, ese gilipollas misógino.

Ya es media tarde y, tras salir de la cafetería La Leonesa que hay frente a la comisaría, en donde han comido un bocadillo rápido, Martín y Candela deciden separarse para ganar tiempo. Él va a ir al domicilio de los Alcázar y ella tiene que pasar por su despacho para enviar el informe de vigilancia y seguimiento de la esposa infiel, de la noche anterior, a su cliente previo.

Candela decide que lo mejor para bajar el bocata es ir andando hasta su despacho, hace buena tarde y además así puede ver los preparativos que están haciendo por el Centro para los actos de las fiestas del Orgullo. Se están montando los puestos de bebidas en las calles aledañas para la carrera de tacones que va a tener lugar a primera hora de la mañana.

Todos los años Candela la había visto por la tele y le había parecido superdivertida. También se encuentra con que han cortado el tráfico en un cruce para montar un pequeño escenario en el que se anuncia que va a actuar Alaska, la cantante de la mítica canción *A quién le importa*.

Lo que Candela desconoce es que, mientras ella va dando un paseo inocente por el barrio, un asesino en serie la observa de cerca.

El Custodio ha avisado a Lázaro de un soplo sobre Candela, que estaba en la comisaría. No ha podido resistirse a esperarla y seguirla. Al Predicador le gusta observarla. De alguna manera extraña, se siente atraído por esa mujer. Cuando camina, el movimiento de sus caderas le recuerda al contoneo de un felino sobre una estrecha valla. Por su mente cruza la fugaz idea de si ella en el fondo sabe que la están observando y por eso camina de esa manera tan seductora.

Pero Lázaro está algo confuso, nunca se ha sentido atraído por mujeres. Ellas siempre han sido crueles con él, desde que era niño, y las ha rechazado. En cambio, su primer amor llegó de un modo arrollador. Adrián, un chico del equipo de atletismo. Lázaro lo recuerda como si hubiera sido ayer. Una tarde en la que ambos se habían quedado para entrenar la carrera de relevos en la que tenían que competir la semana siguiente. Terminaron pronto y se fueron a cambiar. No había nadie más que ellos dos en el vestuario y solo funcionaba una de las duchas, así que Adrián sugirió que la compartieran. Lázaro se quedó mirando hipnotizado el miembro de su compañero, que con el agua caliente se estaba empalmando y no paraba de hacerse más y más grande. El Predicador sintió que algo le explotaba en la entrepierna y, sin pensarlo, no pudo resistir tocársela a su compañero, quien, en lugar de ofenderse o enfadarse, sonrió complacido y también se la agarró a Lázaro. Se masturbaron el uno al otro y así fue como descubrió su orientación sexual, porque esa fue la primera de muchas duchas que compartieron juntos antes de que les pillaran otros compañeros y llegasen los insultos, el acoso y Gabriel. En cuanto más gente se enteró de lo que habían hecho, trasladaron de colegio a Adrián y nunca más volvió a verle.

El recuerdo de Adrián y las duchas le ha excitado, y cuando quiere darse cuenta, Candela ha llegado al portal de su oficina y desaparece en su interior. De repente se siente solo, excitado y muy frustrado. Comienza a experimentar una furia irrefrenable porque con las acciones tan valerosas que estaba llevando a cabo para CustoS, aún así, estaba solo. No podía aguantar esa sensación de vacío, se da la vuelta y comienza a andar a toda velocidad hacia el parque de Moncloa. A ver si se le despeja la cabeza paseando. Pero con cada paso que da, más furioso se encuentra. Mira a su alrededor y no reconoce a nadie, son todos desconocidos y se siente más solo que nunca. Ocupa un banco, con la mirada perdida en el horizonte.

—Perdona, tío. —Es la voz de un chico que está paseando a su perrito por el parque—. ¿Tienes un cigarro?

—No, lo siento, no fumo. —El Predicador tiene una revelación y cree que ese chico es el regalo que le ha enviado Dios para que no se sienta solo—. Y tú tampoco deberías fumar.

—¿Qué? —La cara de asco se refleja en el rostro del chaval—. Anda, tío, métete en tus asuntos, si no tienes tabaco, encima no me des la barrila.

Lázaro levanta una ceja y sonríe artificiosamente al chico, que se da la vuelta para marcharse acompañado de su *bulldog* francés. Pero en un movimiento rápido, el Predicador lo agarra por detrás del cuello tapándole la boca con las manos y lo arrastra mientras ambos forcejean hasta unos grandes y densos macizos de adelfas. El perrito no deja de ladrar y la correa se engancha entre las ramas. El Predicador saca con la otra mano uno de sus sabuesos y le clava ligeramente la punta del cuchillo en la yugular.

—Si no dejas de moverte, te rajo el cuello aquí mismo.

El chico está tan aterrorizado que no consigue articular palabra, pero comprende que ese desequilibrado sí que va a cumplir sus amenazas, así que deja de forcejear.

—Tírate al suelo.

El muchacho obedece y se mueve despacio. Cuando ya está de rodillas, el Predicador saca el otro cuchillo del bolsillo y, sosteniendo ambas hojas con la misma mano, tiene el deseo de sentir esa paz.

—Sabes, chico, te he mentido, sí que voy a matarte.

Los ojos del muchacho se abren tanto por el miedo que están a punto de salirse de sus órbitas. Lázaro le clava una hoja en el costado derecho, en el hígado. Y sin demorarse más, apuñala el corazón de su víctima. La sangre brota a chorros y el Predicador siente su paz interior cuando los ojos del chico pierden la vida. Pero la paz esta vez le dura poco porque, de fondo, se da cuenta de que el perrito no deja de ladrar llamando a su amo. Deja el cuerpo del chico tirado entre los arbustos. Agarra la correa del *bulldog* y se lo lleva hasta la farola más próxima, en donde lo deja amarrado y se marcha del parque.

Una pareja de ciclistas se encuentra a un perro ladrando como un descosido, atado a una farola, mirando hacia los frondosos arbustos que hay detrás de un banco. Lo intentan agarrar, pero se suelta y el animal sale corriendo a toda velocidad para buscar a su amo. Los chicos lo siguen y descubren el cadáver. Han pasado veinte minutos y esta vez el Predicador no ha dejado ningún mensaje. Ha sido impulsivo y todo por culpa de Candela.

7

MIEDO A LA POLICÍA

MARTÍN ESTÁ PARADO en la acera, frente al edificio del matrimonio Alcázar. Por lo visto la policía, los forenses y los peritos judiciales ya han terminado de realizar las investigaciones pertinentes en la escena del crimen porque no ve a nadie entrando ni saliendo del portal.

Zumaia lleva todo el día con una montaña rusa de sensaciones desde que la llamada de teléfono de Amorós le había sacado de la cama con la noticia del asesinato cometido por el Predicador. Además, el encontronazo con el inspector Medina había sacado lo peor de sí mismo. Está claro que Candela es suficientemente capaz de cuidar de ella, pero Martín no puede evitar que su vena paternal aflore cuando atacan a su ahijada.

Aún recuerda a la perfección el día de la primera comunión de Candela, aquella gran barbacoa en un asador de El Escorial. Por un lado era un recuerdo cálido y maravilloso, rodeados de los amigos y compañeros de la comisaría pasándolo en grande con sus hijos. Pero por otro, la falta de la madre de Candela, Sandra, en esa celebración había sido más significativa para la niña de lo que su padre quiso reconocer. Hubo un momento en el que Martín descubrió a su pequeña ahijada separada del grupo, sentada sobre unas enormes rocas mirando a lo lejos, al sol rojizo del atardecer, y supo que la niña estaba recordando a su madre. No hizo falta que ninguno de los dos hablara. Él se sentó al lado de Candela, rodeó con un solo brazo sus pequeños hombros, le dio un beso en la frente y ambos estuvieron así en silencio un buen rato. Ahora la niña había crecido, pero esa confianza que forjaron en aquel atardecer nunca se rompió.

—¡Qué haría yo sin ti, guapísima, eres un encanto! —La voz de una ancianita encorvada, parada ante el portal de los Alcázar despidiéndose y dando las gracias cariñosamente a la dependienta de la tienda de alimentación que la había acompañado con un par de bolsas hasta la puerta de su casa, sacó a Martín de sus recuerdos.

El policía jubilado sabe que los vecinos, y sobre todo las ancianitas, son una fuente inestimable de cotilleos mientras se lleva a cabo una investigación, y a él siempre se le había dado muy bien conseguir información; era el hombre más amable y encantador del mundo cuando hacía falta.

—Esas bolsas pesan mucho para usted, señora, déjeme que la ayude. —Martín exhibe su mejor sonrisa mientras se acerca a la anciana, coge las bolsas del suelo con una mano y ofrece el otro brazo a la mujer para que se apoye en él y así salvar el escalón del portal, antes siquiera de que ella pueda negarse a cualquier cosa.

—Oh, pero qué amable es usted, señor… —De cerca, la mirada de la ancianita es aún más dulce que su voz. Es una mujer menudita con la piel tan fina y blanca como el papel de fumar y unos ricitos plateados asomando bajo un pañuelo que le cubre la cabeza.

—Martín, me llamo Martín Zumaia. En realidad, venía a verla a usted. Soy colaborador de la Policía y uno de los compañeros que vinieron esta mañana, el inspector Amorós, me ha recomendado que hable con usted para ampliar la información del matrimonio Alcázar. —Martín observa que la anciana viste absolutamente de negro y con el pañuelo también negro sobre la cabeza ya sabe de dónde viene—. He preferido esperar a que regresara de misa para poder hablar con usted, no quería molestarla demasiado.

—¡Ay, sí!, ha sido una misa preciosa. El padre Zacarías ha dedicado un sermón muy apropiado para Ingrid y Manuel. La verdad es que todo esto ha sido una tragedia enorme. Menudo disgusto, un matrimonio tan cariñoso y bueno. —Unas lagrimillas se escapan de los ojos de la mujer mientras ambos atraviesan el portal al ritmo lento de los pasos de la anciana—. ¿Quién ha podido hacer algo tan horrible? —La anciana se santigua dos veces besándose la uña del dedo pulgar al terminar—. No somos nadie.

La mujer está girando los cerrojos de su casa y en ese momento se abre la puerta B del bajo, la del piso de al lado de la anciana, y un joven sonriente, muy moreno, de rasgos latinos asoma la cabeza.

—Doña Leocadia, necesita que... —El muchacho se queda petrificado, pálido y mudo al encontrarse de frente, a muy pocos centímetros de distancia, al enorme hombretón que acompaña a su vecina; tarda unos segundos en reaccionar —... Emmmm... vaya, doñita, pensé que quizá necesitaba mi ayuda, pero ya veo que no.

—¡Oh!, gracias, Guzmán, eres un ángel. Pero este caballero tan amable que ha venido a verme de parte de la Policía ya me está ayudando.

Los muchos años de experiencia policial de Martín no

fallan para leer los gestos y movimientos de la gente, y este chico todavía palidece más al escuchar la palabra «policía», sus ojos se mueven deprisa como si buscasen la vía de escape más cercana, los músculos de las manos se tensan y aprieta la mandíbula para tragar saliva. Zumaia no tiene dudas de que es un inmigrante sin papeles.

—Únicamente estoy aquí colaborando para ampliar la información sobre el matrimonio Alcázar para el expediente del crimen. —Martín no quiere atormentar al chico, que bastante mal ha debido pasarlo con el edificio lleno de policías subiendo y bajando durante todo el día—. Solo he venido a hablar con ella tomando un café, no te preocupes que no voy a molestar a más vecinos—. Martín hace mucho énfasis en la palabra «colaborando», le guiña un ojo al chaval y le da dos palmaditas suaves en el hombro—. Me iré pronto.

Surte efecto y nota como el chico se relaja un poco.

—Vale, es que hoy ha habido muchos extraños por aquí, y con todo lo que ha pasado. Si necesita algo luego, doñita, ya sabe dónde estoy.

El chico se da la vuelta y cierra su puerta despacio.

—Guzmán es un chico estupendo. Su madre trabaja turnos muy largos en una fábrica y él pasa mucho tiempo solo, así que me hace compañía muchas veces, hacemos rompeca-bezas. —La anciana parece encantada con su compañero de pasatiempos.

Una hora después, Martín ha ayudado a colocar las bolsas, ha tomado café y ha recopilado muchísima informa-ción inútil que le ha dado la dulce Leocadia sobre «tooodos» los vecinos del edificio y del barrio, en su mayoría, chismo-rreos vecinales. Pero sí ha conseguido la información más valiosa de todas al ofrecerse a recoger y fregar él mismo los cacharros del café.

En la cocina, Martín cotillea un poco y descubre una portezuela en la pared del fondo del cuartito de la despensa. Tiene poco menos de un metro de alto por medio metro de ancho, y confirma las sospechas que Zumaia había tenido al entrar en el portal y observar las puertas y el pasillo que daba acceso a un patio de luces. En muchos de estos edificios antiguos del centro de la ciudad había escaleras de servicio, y en algunos de los pisos aún se conservaban las portezuelas «lecheras o basureras». Hasta mediados del siglo pasado, los sirvientes sacaban por la noche los cubos de basura y las botellas de cristal vacías a través de esas portillas y lo dejaban todo en la escalera de servicio para que el conserje los recogiese a primera hora de la mañana, después pasaba el lechero y cambiaba las botellas de cristal vacías por las botellas llenas con la leche del día. Ya quedan pocos edificios que mantengan las portezuelas intactas, pero este es uno de ellos. Ahora Martín sospecha, o tiene la esperanza, que puede acceder al piso de los Alcázar sin romper el sello policial de la puerta.

Regresa al salón en donde la ancianita ha encendido la tele mientras teje una prenda de punto. Martín le agradece su hospitalidad e insiste para que no se levante. Se despide de ella, vuelve a la cocina y sale por la puerta de servicio hacia la escalera secundaria.

Alcanza el tercer rellano y sabe cuál es el piso de los Alcázar por la notificación judicial y el precinto policial que recorre la puerta de servicio que debe dar acceso a la cocina de la casa. Pero Martín centra su atención en los dos altos ficus que custodian la puerta a ambos lados. En todos los pisos de esta escalera, Zumaia ha visto grandes macetas enmarcando los umbrales. Sin duda, las «lecheras» se habían quedado obsoletas y la comunidad de vecinos había decidido ocultarlas con los pintorescos tiestos.

Tras el gran macetero izquierdo, le cuesta descubrir la silueta de la portezuela, desde luego está bien camuflada con los casetones de la madera que decoran la pared. Despacio y con mucho cuidado de hacer el menor ruido posible, desplaza el plato y el gran macetero de loza azul, lo justo para que él pueda agacharse ante la puerta. Saca su tarjeta de puntos del supermercado y la desliza, de abajo arriba, por la estrecha ranura del perfil de la portezuela hasta que nota que el gancho interior se sale de la argolla que lo sujeta. Empuja la madera y esta se abre hacia el interior del piso.

Martín echa un último vistazo de arriba abajo por la escalera, rezando para que ningún vecino le vea colarse en el piso. Con su gran estatura, no le queda otra que ponerse de rodillas y gatear para poder entrar por el hueco de la portezuela. Está oscuro, hay polvo y huele un poco a humedad.

LÁZARO APENAS HA PODIDO DISFRUTAR de lo que él llama «su paz». Pronto se da cuenta de que ha cometido un error, ha sido impulsivo y ha asesinado fuera de su papel del Predicador. Ha usado sus sabuesos y ha infligido las mismas heridas, pero sin mensaje, en una víctima sin relación con los propósitos de La Orden, sin preparar los detalles de la escena. Ha sido chapucero y quizá haya estropeado todo el plan que el Custodio tiene preparado.

—¡Maldita Candela!... por su culpa la he cagado a base de bien.

Lázaro está furioso consigo mismo.

—Necesito que nos veamos. Ha ocurrido algo grave. —Lázaro ha escrito un mensaje a Jericó para reunirse de nuevo con él, necesita consejo para arreglar la situación. Ha cogido el coche y conduce nervioso todo el camino hasta la sede de

CustoS. Le tiemblan las manos y mira constantemente a través del retrovisor por si alguien le ha descubierto.

Esta vez no hay más coches aparcados y un repentino viento se levanta, haciendo que las ramas de los árboles que envuelven el camino de acceso a la casona se muevan en todas direcciones. Parece una postal de película de terror, como la casa de *Psicosis*. Aunque quizá son las sensaciones de Lázaro, que se siente bastante inquieto y no sabe ni por dónde empezar a hablar con el Custodio para darle explicaciones.

—Si vienes para pedir disculpas por la cagada del parque, ya puedes inventarte una buena excusa o dar la vuelta para no volver jamás —le grita la voz de Jericó desde el otro extremo del gran salón. Nunca antes le había escuchado gritar de ese modo, con tanta rabia.

—No hay excusa posible, Custodio, lo lamento. He venido para dar la cara y asumir las consecuencias de mis actos. —Lázaro se siente como un niño pequeño que está ante el profesor confesando que ha copiado en un examen y espera a que le impongan el castigo pertinente.

—Solo dos palabras, Lázaro… ¿por qué?

—Ha sido un impulso, Jericó, por un momento he olvidado todas las enseñanzas de La Orden y he vuelto a convertirme en el salvaje impulsivo que fui. El deseo, la frustración y la amargura se han apoderado de mí después de haber seguido a Candela Benites hasta su despacho. No he podido controlarme y…

Levanta una mano para acallar la perorata del Predicador y, de pronto, una chispa de iluminación se enciende en los ojos del Custodio y se le dibuja una sonrisa diabólica bajo la máscara negra.

—Así que esa muchacha hace que pierdas el control; interesante.

—Pues sí, ni siquiera yo comprendo el porqué —confiesa Lázaro.

—Tranquilo, hermano, nuestro plan sigue en marcha con leves modificaciones. Vamos a aprovechar tu rabia hacia ella para hacerla desaparecer. Candela… va a ser la próxima víctima del Predicador. Ella misma se ha colgado la diana en la espalda.

Ahora que ha cerrado la portezuela, todo está oscuro alrededor y tiene que contener una arcada por el olor a químicos y humedad que le envuelven por completo. Martín saca el móvil para encender la linterna. Está dentro del cuartito de la despensa, que, en este caso, el matrimonio Alcázar había convertido en el cuarto de la lavandería: lavadora, secadora, multitud de botellas enfiladas en los estantes con limpiadores, detergentes, suavizantes y un ancho carrito con ruedas para la ropa sucia era lo que ocultaba la portilla en el lado interior del piso.

Sale de la despensa y ahora es un fuerte olor a desinfectante mezclado con plástico y un fondo férrico a sangre; esa mezcolanza es lo que le golpea en la cara al pisar la cocina. Es un olor muy característico que Martín reconoce de sus largos años de experiencia. Los guantes de látex, los precintos policiales, los desinfectantes industriales que usa la empresa de limpieza que se encarga de la sangre y los restos de las escenas de crímenes, todo eso junto produce un tufo muy específico y reconocible. Pero en este caso, además, percibe otra cosa, huele a comida oriental. No sabe muy bien si el olor se cuela de algún otro piso o si sale de algún rincón de la casa.

—Pues sí que se han dado prisa —piensa Martín—. Normalmente esperan al día siguiente del asesinato para enviar a la empresa. Esa rapidez quiere decir que tienen todo muy claro y que no han podido encontrar más pruebas en la escena.

Zumaia recorre todo el piso observando con cuidado cada detalle de las habitaciones. Parece que el Departamento ha hecho bien su trabajo. Tampoco él encuentra nada importante. Decide que es mejor que ningún vecino descubra que ha entrado allí. Atraviesa el salón y vuelve a la cocina, a la despensa. Pero es grande su sorpresa cuando sale gateando por la portilla y se encuentra con un par de zapatillas que lo observan desde el rellano. Casi le da un vuelco el corazón.

—Creo que así es como se coló ayer el asesino en casa de esa pareja. —La voz de Guzmán, el chico de abajo, tranquiliza un poco a Martín.

—No lo creo, sospecho que le abrieron la puerta principal —responde el hombre poniéndose en pie y volviendo a colocar el macetero en su sitio—. Si te fijas, no hay ninguna otra marca de haber desplazado el macetero, como he hecho yo, y todo el polvo que tengo en mis rodillas dice que por aquí no se ha agachado nadie más desde hace mucho.

El chico sonríe con curiosidad.

—¡Ah, *OK*!, lo pillo. Pero usted no es poli, ¿cierto?

Martín también sonríe al chico y niega con la cabeza mientras se sacude los pantalones.

—Pero lo fui antes de jubilarme.

—Sabe, usted me recuerda a mi abuelo, tiene la misma cara de buena persona que él.

Zumaia no sabe si tomárselo como un cumplido o no, él aún no es abuelo, aunque pronto va a serlo y todavía no se ha hecho a la idea. Le aterra un poco pensar si lo hará bien.

Un silencio incómodo cae entre los dos y Martín se pregunta qué hace el chico allí arriba.

—Guzmán, ¿conocías al matrimonio?

—Sí, eran muy majos. Sobre todo ella, de vez en cuando bajaba a casa y me regalaba camisetas, gorras y chanclas publicitarias de su organización. A él le veía menos, siempre estaba en la oficina y llegaba muy tarde a casa. Pero siempre que me saludaba, hablábamos de deportes, él sabía que a mí me encanta el fútbol.

—Supongo que ya te lo habrán preguntado esta mañana los policías, pero... ¿viste algo ayer que se saliera de lo normal?

Guzmán baja la mirada, mete las manos en los bolsillos traseros de sus vaqueros y juguetea con un pie. Se le ve inquieto con la pregunta.

—¡Ahí está! —piensa Martín, gestos involuntarios—. Sí que ha visto algo.

—Pues... —le cuesta decirlo—, yo no he hablado directamente con la policía, cuando han tocado a la puerta esta mañana, ha salido mi madre y ella ha contestado «no» a todo, que ninguno de los dos habíamos visto nada. Entiéndalo, ella quería que se marchasen cuanto antes, no queremos problemas con la Policía.

—Lo entiendo, Guzmán. —Martín ha visto esa reacción infinidad de veces en la gente sin papeles—. Es lógico que quisierais que se marchasen pronto. Pero si sabes algo más, no te preocupes que puedes confiar en mí, te prometo que no le contaré a la Policía de dónde ha salido la información. Diré que es una fuente anónima.

El chico se arma de valor.

—Ayer por la tarde, justo antes de que empezase el partido en la tele, bajé a la tienda de la esquina a por unas cervezas, ¿sabe? —Guzmán baja la voz y mira al hombre para ver si comprende.

—Sí, la de los chinos. Seguro que adivino, el dueño te conoce y no te pide el carné para comprar las cervezas.

El chico asiente y mira a los lados, el pobre se comporta como un delincuente que ha robado un banco.

—Bueno, pues al volver a casa corriendo para no perderme el comienzo de las «semis», y como no llevaba bolsa, se me iban escurriendo las latas hasta que, ya casi frente al portal, alguien chocó conmigo y las birras cayeron rodando por la acera. Era un vagabundo que se agachó corriendo para ayudarme a recogerlas y se disculpó por el golpe; le dije que no era nada. Recogimos las latas y entré en casa.

—¿Te fijaste bien en él?

—Ya lo había visto otras veces por el barrio. Muchas tardes, cuando le hago compañía a la doñita haciendo sus puzles, observo a la gente de la calle a través de las ventanas de su salón. Y a este hombre ya lo recordaba de veces anteriores. Alto, delgado, desaliñado, camisa de leñador de cuadros grises y negros, pantalones negros de esos «multibolsillos», con el pelo largo y oscuro y una espesa barba. Pero había algo raro en él.

—¿Raro?... ¿En qué sentido?

—Pues me llamaron la atención dos cosas. Lo primero es que, a pesar de que parecía muy sucio, al acercarnos más cuando me estaba ayudando a recoger las latas en el suelo, el tío olía superbién a colonia, una barata, pero olía genial; ¿cómo podía oler así si estaba tan sucio?... Y lo segundo, él llevaba un cartón de vino barato en la mano que también se le cayó al chocarnos, y cuando lo recogí para devolvérselo, no pesaba nada, estaba vacío. Es raro, ¿para qué paseaba un cartón vacío calle arriba y calle abajo?

—¡Pero qué bueno eres! Tienes razón, no paseaba el cartón, estaba disimulando mientras vigilaba el portal —dice Martín recopilando mentalmente la descripción del vagabundo que le ha dado el chico.

Le da una palmadita en el hombro al chaval, que sonríe

contento por haber podido contarle a alguien su descubrimiento. Zumaia comienza a bajar los escalones de dos en dos.

—Sabes, Guzmán…, otro día vengo con unas cervezas y vemos un partido juntos, ¿te parece? Has sido de gran ayuda.

Martín saca el móvil del bolsillo mientras se encamina al coche.

—¿Candela?...

8

EL INFIERNO EN LLAMAS

—NOTICIA DE ÚLTIMA HORA, fuentes policiales informan que se ha descubierto un cadáver en el parque de Moncloa esta misma tarde. Aún se desconocen los detalles, pero sí ha trascendido que el cuerpo presenta diversas heridas por arma blanca y, al parecer, estaba escondido tras unos espesos matorrales. —La voz de la locutora de noticias sale de la televisión que tiene encendida de fondo y desconcentra momentáneamente a Candela. Pero cuando fija su atención en el programa y lee los teletipos que se deslizan en la parte inferior de la imagen, no parece que ese asesinato esté relacionado con el Predicador.

—El mundo está cada vez más loco —dice en voz alta dedicando un momento de reflexión al incremento en las cifras de delincuencia y crímenes de la ciudad que ofrecen en las noticias.

De todas formas, hace ya un rato que ha terminado lo que tenía pendiente, solo está contabilizando la factura que acaba de abonarle su cliente. El hombre se ha marchado del despacho Benites Consulting hecho una furia, a pesar de que

Candela ha intentado calmarlo un poco, antes y después de haberle entregado el informe y las fotografías con la confirmación de la infidelidad de su mujer. Pero no estaba cabreado por la infidelidad en sí, que él ya sospechaba desde hacía tiempo, sino por descubrir que el amante de su esposa es su propio socio empresarial. No es la primera vez que ella destapa infidelidades de este tipo. No son los encargos que más le gustan a la investigadora, pero son los que pagan las facturas.

En ese momento suena su móvil y la pantalla se ilumina. Es Martín.

—¿Sí?... Aquí sigo, en la oficina… ¿ah, sí?... Ostras… eso es genial… tienes razón… pues recógeme y vamos juntos a ver a Bruno… *OK*, en diez minutos abajo, en la puerta.

Candela siente un cosquilleo en el estómago por los nervios. Martín ha tenido mucha suerte en su visita al edificio de los Alcázar, al parecer un vecino se topó con un vagabundo que merodeaba por ahí desde hacía tiempo. Con la descripción que le han dado, van a ir a ver a Bruno a la sede de LGTBIVA para ver si a alguien de allí le suena haber visto a esa persona.

Pocos minutos después, se monta en el coche de Martín y la pone al tanto de todos los detalles de sus averiguaciones. Deciden que ambos irán por la mañana a primera hora a la comisaría para compartir esa información con el inspector Amorós.

Cuando bajan del vehículo, después de estar un buen rato buscando aparcamiento, ya ha oscurecido, pero Bruno les ha confirmado antes por teléfono que va a estar en las oficinas de la asociación prácticamente toda la noche, y no solo está él, también hay unos cuantos voluntarios que siguen ultimando el desfile y los actos que se celebrarán al día siguiente. Hace una bonita noche, aunque un poco calurosa.

Candela no esperaba volver a encontrarse tan pronto con la llamativa recepcionista de la asociación. Y vuelve a quedarse embobada con esa sonrisa encantadora. Pero esta vez la chica sale de detrás de su mesa para acompañarlos hasta la sala de juntas. Sin ningún género de duda, le tira los trastos a Candela. Les ha abierto la puerta de la sala y la sujeta mientras pasa Martín, y cuando Candela va a entrar, ella le roza el brazo en un movimiento muy calculado.

—Por cierto, esta mañana no me presenté, soy Aloisi, ¿también vais a quedaros trabajando con nosotros esta noche? Es para contar con vosotros cuando pida que nos traigan algo para cenar.

Candela está desencajada, con el roce del brazo se le han erizado todos los pelos del cuerpo. En general, a ella no le atraen las mujeres, pero esa chica, que huele tan bien a aceite de coco, con ese acento caribeño y una sonrisa tan perfecta, ¡puf!, no puede ni contestar, se le olvida incluso dónde está.

—Sí, Aloisi, cuenta también con ellos dos al pedir la cena. —La voz de Bruno rescata a Candela de la situación. Se limita a sonreír torpemente y a entrar en la sala dando la espalda a Aloisi, que desaparece al segundo por el pasillo de vuelta a la recepción—. Ya que habéis venido hasta aquí a estas horas, por lo menos quedaos a cenar algo con nosotros —insiste Bruno, que se acerca y les estrecha la mano a Martín y a ella; ambos se miran y no se les ocurre ninguna razón para no cenar allí.

—Claro, muchas gracias, Bruno —contesta Candela.

En la sala hay unas quince personas trabajando. Los dos chicos que estaban por la mañana sentados al fondo de la habitación con sus portátiles siguen exactamente en la misma postura, parecen dos estatuas que no levantan los ojos de sus pantallas. Además, un grupo de siete chicas que forman un corrillo a la derecha de la sala, junto a las ventanas abiertas, están debatiendo sobre algo y de vez en cuando sueltan alguna carcajada. Una pareja sentada al lado de la puerta habla con sus móviles gestionando la entrega de unos materiales en la plaza del concierto. Y tres hombres, algo más mayores que los otros voluntarios de la sala, están sentados en silencio en la parte izquierda, inmersos repasando diversos listados y calculando cifras. Todos los presentes levantan la cabeza un momento de sus tareas y hacen un gesto de saludo cuando Bruno presenta a Candela y Martín al grupo de trabajo.

—Tenemos que preguntarte algo, Martín ha averiguado un indicio importante en el edificio de Ingrid y Manuel —dice Candela.

Allí mismo, de pie, sin salir de la sala, hablando los tres en un corrillo en voz baja, Martín y Candela le explican lo del vagabundo «sospechoso» que merodeaba por el domicilio de los Alcázar. A Bruno no le suena, pero insiste en que él es poco observador en esas cosas.

—De todas formas, si queréis, podemos revisar las grabaciones de las cámaras de seguridad del perímetro de la asociación —explica mirando por el rabillo del ojo, vigilando que nadie más les esté oyendo.

—¿Grabaciones del perímetro? —responden Martín y Candela al unísono casi en un susurro. Desde hace unos años, por la ley de protección de datos, está prohibido que las empresas privadas que tengan cámaras de seguridad perimetrales graben planos generales de la calle, de la gente. Se supone que, obligatoriamente, solo pueden enfocar las puertas o ventanas de acceso y nada más. Pero Bruno les informa que, cuando empezaron los asesinatos del Predicador, Ingrid y Manuel le pidieron que, como medida extraordinaria para proteger a los miembros de la asociación, colocase «otras» cámaras que grabasen los exteriores de la asociación, además de las cámaras ya existentes. Al ser algo ilegal, Bruno habló con un experto de seguridad amigo suyo y les instalaron unas cámaras ocultas en la parte superior de los marcos de las ventanas y puertas. Solo ellos tres y el técnico de seguridad que las instaló saben de la existencia de estas y sus grabaciones.

—Si queréis podemos subir a la sala *rack* y descargar en un *pen drive* las grabaciones del último mes para poder revisarlas en mi portátil.

—Me parece bien, subid vosotros dos si queréis y yo voy adelantando, puesto que se supone que esas grabaciones no existen, voy a preguntar a los voluntarios que están aquí si les suena haber visto a ese «merodeador» —dice Candela, haciendo un gesto con la cabeza recorriendo la sala de juntas.

Bruno asiente y él y Martín salen de la habitación y se van escaleras arriba.

Por un momento, Candela se queda mirando fijamente la enorme fotografía de la pancarta de su amiga Vanessa. Todavía la echa de menos en muchas ocasiones, y esta es una de ellas. Se agarra la llave de plata que lleva colgada al cuello y coge aire.

—Será mejor que me vaya acercando y les pregunte discretamente por grupos y no en plan conferencia.

Decide comenzar con las siete chicas de la ventana. Pero cuando empieza a caminar una voz la sorprende por la espalda.

—¡Hola! —Es uno de los hombres que estaban inmersos en los listados y las cifras. Los tres se han acercado mientras hablaban con Bruno—. Necesitábamos descansar un poco la vista de tanto número y listado de asistentes a la carrera benéfica. Ellos son Juan y José Alberto, y yo soy Severo, somos el departamento de los «números».

Los tres se ríen a coro. A Candela le recuerdan al típico club de *nerds* de la facultad, el grupito de empollones excéntricos superinteligentes que se pasan el día, o hablando de juegos de rol, o desarrollando tecnología robótica de última generación. Candela nunca ha encajado muy bien con esos grupos, ella siempre se juntaba con las chicas del equipo de atletismo o el de natación.

—¿Habéis venido a echarnos una mano con los preparativos de última hora? —retoma la conversación Severo—, porque venís en lo mejor, ya está casi todo hecho.

Y los tres vuelven a echar una risita a coro. Lo dicho, ella no comparte su sentido del humor, pero, por educación, sonríe.

—En realidad estamos aquí en relación con la investigación del asesinato de Ingrid y Manuel. —Candela prefiere no andarse por las ramas.

Las caras de los tres frikis se oscurecen un poco.

—¿Sois polis? —pregunta Juan.

—No, pero colaboramos con ellos en la investigación. Y necesito haceros una pregunta a ver si a alguien le suena.

Candela da la descripción del vagabundo, no solo a los tres empollones, sino después a la pareja que hablaba por teléfono junto a la puerta, Soledad e Iván, y a continuación a los dos informáticos del fondo, Pepe y Arturo. Nadie recuerda haber visto a ese vagabundo. Por último, se acerca al corrillo de chicas de la ventana a ver si hay suerte con alguna de ellas.

Pero cuando está a menos de dos metros del grupo, un ruido ensordecedor a su espalda, como de una explosión, hace saltar las puertas de la sala de juntas y tira a todos los presentes al suelo. Llueven trocitos de cristal por toda la habitación y una gran bola de humo blanco entra por el hueco que han dejado los cristales reventados. Candela está aturdida, tirada en el suelo, un pitido ensordecedor resuena en sus oídos y siente que le duelen todos los músculos del cuerpo. Nota la espalda cubierta de cristales. Intenta ponerse en pie, despacio, no puede. Pero pasan solo unos segundos más antes de que una nueva explosión, ahora dentro de la sala, haga saltar todo por los aires. Esta vez, la detonación empuja su cuerpo hacia detrás, dejándola tumbada bocarriba. Todo le da vueltas. Logra abrir un poco los ojos, pero no consigue ver más que un humo blanco y fogonazos de llamas. Su cabeza empieza a girar y una presión en el pecho la aplasta contra el suelo. Candela se deja llevar por el cansancio y el dolor, le cuesta respirar y lentamente pierde el conocimiento. Todo se va apagando a su alrededor hasta volverse negro.

9

VANESSA

—Se está despertando.—Una voz familiar se intenta abrir paso hasta los oídos de Candela. Le vienen destellos de imágenes a la cabeza como fogonazos: una sala envuelta en llamas; le cuesta respirar y boquea como un pez fuera del agua; le arde la piel; la respiración entrecortada de alguien que intenta levantar su cuerpo del suelo; la sensación de ir en volandas; una mascarilla; unos guantes fríos que le manosean los brazos; el sonido de la ensordecedora sirena de una ambulancia; y, en todo momento, la banda sonora de un pitido constante que no para de resonar en sus oídos.

Y, de nuevo, la realidad vuelve a fundirse en negro y Candela regresa a Ámsterdam con Vanessa.

—Sabes, no te creas tan inteligente, guapita, que te doy mil vueltas. —Vanessa se cachondea de su compañera de cuarto mientras sostiene juguetona su mano de cartas.

A Candela le encanta la voz socarrona de Vanessa.

Nunca ha conocido a una compañera tan divertida y con una personalidad tan arrolladora como la de esa pelirroja alocada.

—¿Estás segura? Porque siempre te acabo machacando cuando jugamos al póker.

—Tienes razón, así que vamos a poner remedio a eso. —Vanessa lanza todas las cartas al aire y se echa encima de Candela para hacerle cosquillas, pero no calcula bien y se tira con tanta fuerza que vuelca el respaldo del sofá y las dos ruedan por el suelo. Ambas prorrumpen en carcajadas. Si le llega a tocar como compañera la mojigata de Pilar, se hubiera muerto del asco durante ese año de Erasmus y su vida habría sido muy diferente.

En el Instituto Bonger de la Facultad de Leyes de la Universidad de Ámsterdam solo habían becado a cuatro españolas ese año para realizar el último curso de Criminología, y Candela era una de las afortunadas. Además, tuvo la gran suerte de que la compañera de cuarto que le asignaron en la residencia había perdido el vuelo y llegaría dos días más tarde. Así que cuando esa chica alta, delgada, con unos enormes y redondos ojos azules, melena pelirroja y forrada de pecas se plantó en la puerta de la habitación y le dijo que la universidad había reorganizado la asignación de compañeras y había juntado a la sosa con la tardona, no dudó ni un segundo en dejarla entrar para que se instale. Más tarde descubrió que el cambio lo había decidido Vanessa un cuarto de hora antes, cuando vio que la compañera que le tocó a ella era más sosa que un zapato.

A las pocas semanas del comienzo del curso en Ámsterdam, Candela ya se había quedado totalmente prendada de Vanessa a pesar de ser heterosexual, y ambas se aventuraron en una tórrida relación que duró todo el año. Candela abrió la mente gracias al entorno liberal de la ciudad y a la influencia de Vanessa, una lesbiana declarada y activista de los derechos LGTBI.

Había sido una de las épocas más felices en la memoria de Candela.

—Espera, vuelve a despertarse, corre, avisa a la enfermera. —Otra vez esa voz familiar. Candela quería agarrarse a esa voz, quería gritar y decirle que no se marchase, pero otra vez volvía a sentir que se alejaba de ella y volvía a sumirse en la inconsciencia sin haber podido emitir sonido alguno.

—Tenemos que conseguir que cada mujer, cada niño o niña, y cada hombre de este país que tengan una tendencia sexual diferente a la establecida no sean estigmatizados, sino que puedan vivir su realidad con los mismos derechos que el resto de los ciudadanos. Ser diferente a otros no significa ser peor que otros... —La voz de Vanessa resonaba firme a través del altavoz del televisor. La convicción que tenían sus palabras era contagiosa. Si ella se hubiera dedicado a la política gubernamental, habría alcanzado el puesto que hubiera querido. Tenía ese carisma especial que hace que una sala llena de gente la escuche en completo silencio y las personas absorban su mensaje como esponjas, se lo crean y lo difundan.

Candela estaba sentada frente a su televisor, sosteniendo un café en la mano y sintiéndose orgullosa de su amiga. Vanessa había conseguido que le permitieran dar ese discurso televisado en favor del colectivo LGTBI desde el mismísimo Ayuntamiento de Madrid. Con un montón de medios de prensa convocados, se estaba televisando en directo a todo el país.

Casi no se habían visto desde que finalizó el curso y regresaron de Ámsterdam. La agenda de Vanessa había estado muy ocupada con actos de su colectivo y, en realidad, era mejor así, porque decidieron romper su relación de mutuo acuerdo al regresar a Madrid. Y de este modo sería menos doloroso para ambas, sobre todo para Candela, quien se había quedado un poco colgada de Vanessa; su contacto era muy adictivo. Ese torbellino pelirrojo le había vuelto la vida del revés durante el último año y ahora tenía que reorganizarla.

Se acercó a la pantalla y no pudo evitar pasar el dedo cariñosamente por la cara de Vanessa, que continuaba hablando mientras los asistentes no dejaban de aplaudir sus palabras.

Pero Candela siempre reviviría los instantes siguientes como si estuviera protagonizando la película *Matrix*. La realidad se movía ralentizada y se veía a sí misma, de espaldas, sentada ante el televisor, acercándose una vez más la taza de café a los labios, muy despacio, como si sus movimientos fueran vistos fotograma a fotograma, y observando entre los dedos de la mano que un hombre se abalanzaba sobre Vanessa en la imagen y le clavaba un cuchillo en el corazón delante de todas las cámaras del país. Candela observa horrorizada la escena, suelta la taza de café, que cae al suelo y se rompe en mil pedazos, y se lleva ambas manos a la boca, soltando un grito ahogado para quedarse sin aliento, con las retinas fijas en la pantalla. Todo a cámara lenta. Un policía abate a tiros al atacante cuando este levanta de nuevo el cuchillo y se gira en dirección a las cámaras con un gesto amenazador hacia los demás asistentes al evento. Una bala acierta de lleno en la cabeza del asesino y su cuerpo cae sin vida junto al de Vanessa, que está convulsionando en un charco de sangre que brota a borbotones por la puñalada del pecho. El *shock* no permite que las lágrimas asomen a los ojos de Candela. Varias cabezas aparecen en escena por la parte inferior de la imagen para intentar socorrer a su amiga, pero es en vano, el cuchillo ha alcanzado el corazón y en pocos segundos los pies de Vanessa dan un par de violentas sacudidas para luego quedar inertes.

Candela está tan horrorizada y aturdida que ni siquiera ha prestado atención al grito que ha soltado el atacante mientras se abalanzaba sobre ella… «Invertida»… tampoco ha escuchado los chillidos de pánico de los asistentes. Su cabeza procesa en bucle, una y otra vez, la escena del asesino atacando a Vanessa y también el momento en que los padres de su amiga se abren paso entre el público; y la madre, Ingrid, se agacha para abrazar el cuerpo ensangrentado y sin vida de su hija, llorando desgarrada por el dolor. Las cámaras habían captado la escena desde todos los ángulos posibles, el asesino se aseguró así que todo el mundo pudiera admirar su obra.

Las investigaciones posteriores sacarían a la luz la identidad del criminal: Gallardo Ribera, un cura con una mente trastornada y ultraconservadora que había sido retirado del oficio algún tiempo atrás, precisamente por su discurso desequilibrado de ensalzamiento del Régimen y vuelta a la instauración de la pena de muerte. Desde el fallecimiento del Caudillo, Ribera no había dejado de oponerse y rechazar en público a los que él denominaba como «aberraciones homosexuales», y su discurso se había ido radicalizando en los últimos tiempos hasta llevarle a la locura.

El alcance de la noticia del asesinato de Vanessa, emitido en directo, fue internacional. La CNN, la BBC e incluso Al-Jazeera se hicieron eco, aunque en álgunos países censuraron el vídeo completo del ataque por la crudeza de los primeros planos de los cuerpos de Vanessa y Ribera. En los días posteriores no cesaron de emitir las imágenes del brutal suceso una y otra vez, y en todas las mesas de debate del país analizaban el trasfondo de este crimen intentando buscarle un significado a un hecho sinsentido como aquel.

Pero el asesino no parecía haber tenido en cuenta que, con sus actos, consiguió convertir a Vanessa en mártir y su causa para el colectivo LGTBI había ganado muchos nuevos cruzados, quienes se quedaron horrorizados por la barbarie de un demente ultraconservador.

Ese había sido uno de los trances más duros en la vida de Candela, y eso que su vida había sido especialmente dura. Más traumático para ella incluso que el asesinato de su propia madre por parte de un violador cuando tenía seis años; al ser tan pequeña apenas había sido consciente de lo que sucedía. Y el fallecimiento de su padre en acto de servicio por el fuego cruzado en un tiroteo con unos narcotraficantes, unos años atrás, tampoco la había afectado tanto como lo de Vanessa porque desde pequeña él la había criado rodeada por sus compañeros policías de la comisaría y sus familias. En sus recuerdos, desde la infancia siempre estuvo presente la labor policial y, por desgracia, los riesgos de morir en acto de servicio siempre estaban presentes, así que, sí, la pérdida de su padre también fue dolorosa, pero se había ido haciendo lo que más amaba. En cambio, a Candela siempre le dio la sensación de que a la tela del destino se le había escapado por accidente el hilo de la vida de Vanessa al llevársela de ese modo.

10

CONEJILLO INDEFENSO

—Aquí estamos, Candela…, por fin —susurra el Predicador mirando el cuerpo inconsciente que descansa en la cama de hospital que tiene ante sí. Están solos en la habitación. El grandullón que la acompaña acaba de bajar a por algo a la cafetería y las enfermeras han hecho una ronda hace poco y están reunidas en la sala de enfermeras de la planta, al final del pasillo. Así que Lázaro está a solas con Candela. A solas con el bip, bip, bip constante que monitoriza los latidos de la chica.

El Predicador aguza los sentidos, aprovecha que no hay nadie cerca y cruza el pasillo, abre en silencio la puerta de una sala de materiales, que sorprendentemente no está cerrada con llave, y no tiene que rebuscar mucho para encontrar las lancetas desechables. Retira el plástico y el capuchón que protegen la afilada hoja y regresa a la habitación.

Se detiene un instante a los pies de la cama de Candela, sopesando si hace lo correcto. La ocasión es perfecta.

—Un conejillo indefenso —piensa Lázaro. Pero el Custodio le dio instrucciones muy precisas sobre cómo debía morir la chica, y si la atacaba con ese bisturí, allí tendida, inconsciente en la cama del hospital, volvería a cometer otro error impulsivo como el del parque. Las dudas le vienen y van en la cabeza. Mira fijamente la cara de Candela, no entiende por qué esa chica en concreto le provoca esa inquietud y despierta sus instintos. Empieza a sentir el «mono», necesita alcanzar su paz: la brisa de la sierra, el murmullo de las hojas, el agua fresca… Agarra la lanceta con más fuerza y aprieta la mandíbula, comienza a acercarse a la cama, despacio pero con decisión, roza la sábana con la mano y siente que eso es lo que debe hacer, aunque no siga el plan establecido. De repente, el pitido del ascensor y el sonido de las puertas abriéndose en esa planta ponen en alerta al Predicador, que maldice haber estado dudando esos instantes hasta que se decidió. Va a tener que tragarse la frustración, unos pasos se aproximan por el pasillo.

—Ganas esta mano, Candela —susurra Lázaro mientras se aleja de la cama—, pero no la partida, volveré a por ti.

Instantes después Martín entra en la habitación del hospital con un vaso humeante en la mano, lo deja en la mesilla y se sienta en la butaca que hay entre la ventana y la cabecera de la cama de Candela. Se siente agotado después de los acontecimientos de ese día. Aunque esa butaca quizá sea el asiento más incómodo del universo, Martín tiene la sensación de que si cierra los ojos un momento se quedará profundamente dormido y tendrán que despertarlo tres días después; y no se equivoca, en pocos segundos llega la primera cabezada mientras su mente recapitula las imágenes del ataque que han sufrido unas horas antes e intenta poner un poco de orden en sus ideas.

—El olor de ese café despertaría a un muerto. —Apenas un hilillo de voz sale de los labios de Candela, siente la boca pastosa y todavía no es capaz de abrir los ojos. Sin duda, le han suministrado alguna clase de sedación y el efecto se irá pasando poco a poco.

—Pues en realidad también «sabe» a muerto, es de la máquina del piso de abajo —contesta Martín siguiendo la broma y contento porque Candela ha recuperado la consciencia y, a juzgar por su comentario, parece estar lúcida. Se acerca a ella y le coge la mano—, ¿cómo te encuentras?, ¿quieres que avise a la enfermera?

—¿Enfermera?, ¡qué va!, ¿dónde estamos? —A Candela le cuesta un poco recordar lo que ha pasado. En su cabeza dan vueltas muchas imágenes.

—Estamos en una habitación del hospital La Paz, la ambulancia nos trajo aquí después del ataque.

—¿Ataque?

—A la sede del LGTBIVA, justo cuando estábamos allí.

Candela sí recuerda haber acudido a las oficinas de la asociación, pero nada más.

—Sabes una cosa, Martín —susurra la chica consiguiendo abrir los ojos muy despacio, pero todavía algo mareada—… como no se sabe cuándo vamos a morir, prefiero que me pille con ese café en la mano. Tráelo para acá y ayúdame a darle un sorbo mientras me pones al día.

—No sé si puedes…

—¿Tomar café?, claro que puedo, además, ese olor me está ayudando a despejarme. Necesito quitarme esta especie de atontamiento que tengo encima.

—No pienso discutir contigo. —Martín se pone de pie y la ayuda a incorporarse, acciona los botones que levantan el respaldo de la cama articulada y le pasa el café con una pajita. Candela tiene todo el cuerpo entumecido, unas gafas de oxígeno puestas en la nariz, un dolor de cabeza importante, multitud de cortes de cristales por los brazos, una gran gasa cubierta de una malla le cubre el hombro izquierdo y al tragar el café le sobreviene una tos cavernosa.

—Es por el humo que hemos inhalado. —Martín le acerca un minivaso de agua.

—¿Cuánto tiempo llevamos aquí?

—Pues unas tres horas y media, es la una y media de la madrugada y el atentado fue a las diez. La noticia del ataque a la asociación no para de salir en las noticias. —Martín enciende la televisión de la habitación, pero le quita el volumen. Le hace un gesto con el mando a Candela señalando la cortina de la izquierda, que está extendida a lo ancho de la habitación, y le susurra que hay otro paciente en la cama de al lado, pero que está dormido desde hace un par de horas, probablemente sedado.

En la pantalla del televisor no dejan de emitir las imágenes del ataque. Candela observa por primera vez cómo ha quedado el exterior de las oficinas de LGTBIVA. Una cinta de la Policía acordona el edificio. Los bomberos, la Policía, forenses y peritos judiciales todavía tienen dotaciones desplegadas por la zona. Miembros del ayuntamiento de la ciudad hacen comunicados condenando el ataque.

—¿Cuántos heridos hay? —pregunta Candela, que acaba de darse cuenta de la envergadura del ataque por la repercusión en los medios.

Zumaia se frota las manos y baja la mirada. Y Candela cae en la cuenta de que Martín también estaba en las oficinas durante el atentado.

—¡Pero qué egoísta y estúpida soy! —piensa al mirar a su amigo y comprender que ni siquiera le ha preguntado cómo se encuentra o cómo ha vivido él la situación. Aunque había sido un policía experimentado, también es un hombre mayor y todos estos sucesos que han vivido a lo largo del día tienen que pasarle factura en algún momento. Candela tiene ganas de llorar al ser consciente de la carga que ha soportado Martín. Inconscientemente se lleva la mano al cuello para tocar la llave de su padre y se da cuenta de que no está, palpa un par de veces y comprende que ha debido perderla.

—No la has perdido. —Martín se lleva la mano al bolsillo del pantalón y saca la cadenita—. Me la dieron las enfermeras de urgencias, junto al resto de tus cosas en una bolsa cuando llegamos al hospital.

—Gracias, Martín, por todo, pero sobre todo por ser como eres. Te considero la única familia que me queda.

Martín sonríe y le da un beso en la mejilla, él también siente que Candela forma parte de su familia.

—Qué alegría ver que estás despierta. —La cabeza de Bruno asoma desde la cortina en ese momento.

Candela se alegra al comprobar que no ha sido uno de los heridos, parece estar bien, igual que Martín.

—Pensé que aún seguirías con la policía —le dice Martín.

—Tengo que volver dentro de un rato, pero me han dejado venir a ver cómo se encuentran todos los heridos; además, me han pedido que cuando vuelva te lleve conmigo, los peritos judiciales quieren volver a hablar con los dos. ¡Ah! Y el inspector Amorós también está allí, te envía un mensaje, palabras textuales: «Zumaia, no te escaquees y ven a hablar conmigo a la voz de ya». —Bruno levanta una ceja y se encoge de hombros.

—¿Y cómo has encontrado a los heridos? —Candela sigue sin conocer los detalles del ataque y sospecha que tanto secretismo no es bueno, por eso decide preguntar directamente.

—Pues no te voy a engañar, hay de todo. Supongo que Martín ya te habrá comentado algo. —Bruno mira a Zumaia y este niega con la cabeza.

—Candela apenas acababa de despertarse cuando has aparecido —contesta Martín.

—Ah, vale, pues a ver por dónde empiezo, porque esta noche he tenido que repetir tantas veces y a tantas personas lo que ha pasado que me siento un poco abrumado. Además… —dice Bruno y coge la silla que está libre en la esquina de la habitación y la acerca para sentarse justo al lado de Martín—, de alguna manera me siento responsable de todas las personas que estábamos en la asociación en ese momento.

—Ni se te ocurra sentirte culpable por algo de esto, Bruno —le interrumpe Martín.

—Pues precisamente vosotros dos estabais allí por ir a verme a mí y os ha pillado todo esto en medio.

—¿Se sabe ya quién ha sido el responsable del ataque? —pregunta Candela.

—Todavía nadie ha reivindicado la autoría, pero la Policía sospecha que ha sido algún grupo radical muy bien organizado que tiene en el punto de mira al colectivo LGTBI de la ciudad. Varios testigos vieron salir corriendo de las inmediaciones de la asociación a cuatro individuos con mochilas, llevaban vaqueros, sudaderas oscuras y las capuchas les cubrían las caras. Hasta el momento aún no se les ha podido identificar. Las autoridades oficiales y la Policía nos han sugerido a todos los representantes de los organismos que gestionamos las fiestas del orgullo que, por seguridad, cancelemos las celebraciones y los actos. Pero no podemos permitir que cuatro pirados consigan su objetivo y tengamos que escondernos. Esa época ya pasó. Seguimos adelante.

—¿Cuatro atacantes con capuchas? —El cerebro de Candela comienza a espabilarse—. A lo mejor tus cámaras «perimetrales» captaron algo, ¿no?, si seguían enfocadas hacia la calle.

Bruno estira el cuello para acercarse todavía más a ella y le hace un gesto a Martín.

—Como son grabaciones ilegales, pero probablemente su

contenido arroje algo de luz a la investigación del atentado, le sugerí a Bruno que la mejor manera de gestionarlas era entregárselas de manera «extraoficial» a algún policía de confianza —explicó Martín en voz baja.

—Y así lo he hecho. De ahí el mensaje cariñoso de parte de Amorós para que vayamos a verle más tarde. —Bruno sonríe y explica cómo lo ha hecho—. Todos los móviles y equipos informáticos que estaban en las oficinas quedaron fritos por las explosiones, el fuego o por los bomberos al extinguirlo, así que he tenido que contactar con el técnico que instaló las cámaras y, en modo remoto, ha conseguido recuperar la copia de seguridad de las grabaciones que se almacena en el servidor central. Por lo visto es un sistema programado para sincronizarse cada cinco minutos y así siempre hay una copia actualizada de las imágenes. Gracias a ese sistema, el técnico ha podido enviar las grabaciones al correo que le indicó el policía, pero, sin que Amorós se diera cuenta, le dije al técnico que también las enviara en copia oculta a tu *e-mail* corporativo, Candela, al de Benites Consulting que me había dicho Martín. Ya que también me van a investigar a mí y a la asociación, prefiero que las grabaciones las tengas tú. Cuando abras ese correo, podrás acceder a las imágenes que buscabais para revisar si el vagabundo que mencionabais aparece en ellas. Martín, ¿has pensado que tú y yo somos los únicos ilesos del ataque? Ha sido porque éramos los únicos que estaban en la planta de arriba cuando lanzaron las granadas y las bombas incendiarias a la planta de abajo, y fue gracias a que habíamos subido a la sala *rack* a buscar las grabaciones.

—¿Únicamente vosotros dos habéis salido ilesos? —Candela albergaba la esperanza de que hubieran sido pocos heridos. Pero en su cabeza no paraba de rondar otra pregunta que necesitaba formular—. ¿Algún fallecido?

Martín no parecía capaz de decírselo, así que Candela mira fijamente a Bruno y se queda en silencio, esperando una respuesta.

—No, no ha muerto nadie… aún. —La voz de Bruno tiembla un poco.

—¿Cómo «aún»?

Bruno coge aire.

—La explosión en la sala de juntas repartió a los heridos de diferente manera: los dos informáticos, Pepe y Arturo, tienen heridas leves, similares a las tuyas porque los tres estabais próximos a la pared del fondo, un poco más alejados del punto en donde explotó la granada que lanzaron a través de las ventanas; las siete chicas de *marketing* que estaban junto a la ventana salieron despedidas hacia la calle y solo tienen magulladuras, fracturas, cortes y contusiones, aunque no lo pueda parecer, en realidad han sido afortunadas; los tres contables, Juan, José Alberto y Severo, que estaban junto a la pared izquierda, presentan cortes, quemaduras y se les cayó encima la enorme estantería del archivo, que aplastó el fémur de Juan, atrapándolo en el acto, por lo que fue quien más humo ha inhalado de todos, hasta que pudieron sacarlo, así que se le han encharcado los pulmones; a José Alberto y Severo les cayeron unos cuantos cascotes sobre la cabeza y quedaron inconscientes; Soledad e Iván, el matrimonio de Relaciones Públicas, son los que se llevaron la peor parte de la explosión de la sala porque también se vieron afectados por el estallido del despacho de al lado. En realidad fueron tres explosiones, pero dos de ellas parecieron una sola porque estaban muy sincronizadas. Él ha perdido un ojo cuando reventaron las puertas de cristal; ella, que estaba embarazada, ha perdido al bebé, y ambos presentan cortes profundos por todo el cuerpo.

—Pero entonces… —interrumpe Candela— si por lo que cuentas, todos están estables, ¿por qué has dicho «aún»?

—La persona que se ha llevado la peor parte no estaba en la sala de juntas, estaba fuera.

Candela cae en la cuenta y se lleva las manos a la cabeza.

—¡Aloisi!

Bruno asiente.

—La explosión de la granada que lanzaron en la recepción fue la primera y la más fuerte. Le dio de lleno. Está muy grave y los médicos albergan muy pocas esperanzas de que sobreviva. Ha perdido dos dedos del pie derecho y tiene un edema pulmonar, pero lo peor son las quemaduras. Sufre quemaduras de tercer grado en el cincuenta por ciento del cuerpo. Ella es la única que permanece aislada del resto en la unidad de grandes quemados por el alto riesgo de infección séptica. A los demás os han puesto juntos en esta misma ala. En la habitación contigua están Juan y José Alberto, en la siguiente está el matrimonio, Iván y Soledad, a dos puertas enfrente están Pepe y Arturo, en esta estáis tú y Severo, y en la sala grande, en mitad de la planta, están las siete chicas de *marketing*. Aparte de que el hospital tiene problemas por falta de camas, han preferido manteneros juntos y agruparos por tipos de patologías y niveles de gravedad. En principio, todos debéis permanecer un mínimo de veinticuatro horas aquí ingresados, por seguridad.

Candela ha escuchado toda la información, pero en su mente se han grabado especialmente dos palabras: «grandes quemados». Le viene a la cabeza la sonrisa de Aloisi, su belleza exuberante, su carisma… La imagen de esa persona ya no existirá nunca más, incluso si logra sobrevivir.

Oyen un sonido de sábanas moviéndose al otro lado de la cortina que separa las camas de la habitación. Bruno se levanta y la descorre.

—¡Hey!, ¿qué tal estás, Bella Durmiente?, ¿cómo te encuentras? —Bruno se acerca al vecino de cama de Candela.

Mientras ellos se ponen al día, Candela y Martín tienen la oportunidad de hablar un poco sobre su investigación del Predicador.

—Antes del ataque, no tuve tiempo de hablar con todos los de la oficina, solo con algunos —susurra ella—, y parece que ninguno recordaba a ese vagabundo rondando cerca de la asociación. Pero se me ha ocurrido que, como vas a tener que marcharte con Bruno a ver a Amorós y tienes esa buena relación con él, pídele que te deje echar un vistazo a las grabaciones del *e-mail* a ver si aparece el vagabundo. Porque si decís que nuestros móviles han quedado fritos por el atentado, yo no voy a poder acceder al correo hasta que me den el alta y pueda ir al despacho, y cuanto menos tiempo perdamos, mejor para la investigación.

—Es una buena idea, además, de todas formas, ya habíamos dicho que por la mañana íbamos a ir a informar a Amorós, pero, con el ataque de por medio, mejor hacerlo ahora que él quiere verme. Tú, mientras tanto, tienes que descansar. Volveré en cuanto haya visto las grabaciones y te cuento. Si también ha merodeado por la sede de LGTBIVA, a ver si tenemos suerte y obtenemos una imagen de su cara.

—Bien, pues si te encuentras bien, no esperes más y marchaos los dos a ver a Amorós. Dale recuerdos de mi parte.

—Lo haré. —Martín le guiña un ojo, se levanta y se acerca a la cama de al lado para darle una palmadita en el hombro a Bruno—. Perdona, Severo, que te lo robe, pero tenemos que irnos.

—Claro —contesta Severo todavía algo aturdido y con cara de agotamiento.

—Más tarde volveremos para ver cómo vais —dice Bruno.

Los dos pacientes asienten en silencio desde sus camas y Bruno y Martín se marchan. En ese momento entran dos enfermeras en la habitación y vuelven a correr la cortina para poder examinarlos.

—¿Habría posibilidad de comer algo? —a Candela le sale del alma preguntar a la enfermera.

—Claro, ahora mismo te traigo una gelatina y un zumo.

—Yupi, gelatina… Mmmm —piensa Candela irónicamente.

11

CICATRICES

Tras el ágape de gelatinas y zumo, Candela se da cuenta de que su cabeza ya está funcionando al ochenta por ciento, aunque su cuerpo todavía se resiente, sigue algo entumecida y la enfermera la está destrozando de dolor al cambiar la gasa del hombro para ver cómo evoluciona la quemadura.

—Aunque ahora veas la herida muy fea, no tiene mala pinta —dice la enfermera al cambiar el vendaje con movimientos precisos—. Creo que la piel te cicatrizará bastante bien mientras que no le dé el sol y no se infecte.

—Tranquila, no tengo pensado viajar al Caribe a corto plazo —dice Candela.

—Pues yo tenía previsto un viaje a la playa el próximo fin de semana. —La voz de Severo llega desde el otro lado de la cortina. Su enfermera ya ha terminado de acomodarlo y revisar sus heridas—. Pero sospecho que voy a tener que retrasarlo por culpa de todo esto.

La segunda enfermera termina de recoger los utensilios de la cura en la bandeja metálica y abre la cortina de nuevo, no sin antes recomendarles que duerman. Les apaga la televisión y cierra la puerta al salir.

—¿Tú puedes dormir? —pregunta Severo levantando un poco la cabeza de la cama.

—Qué va, no paro de darle vueltas a lo que ha pasado.

—Yo también, ha sido algo horrible, no entiendo cómo la gente recurre a la violencia en estos tiempos. La Inquisición terminó hace muchos años, pero nuestro colectivo todavía sigue estando en el punto de mira de los tarados.

Candela se sorprende un poco al escucharle decir «nuestro». Cuando había hablado con los tres contables en las oficinas de LGTBIVA, no le había dado la impresión de que este hombre fuera homosexual, en realidad ninguno de los tres le dieron esa impresión. Normalmente, Candela siempre notaba algo en la actitud o en la forma de hablar que delataba la orientación sexual de las personas, algún gesto o la manera de aproximarse a los otros.

«Quizá me centré más en la faceta de "rarito empollón" que me había dado como primera impresión», piensa Candela ladeando un poco la cabeza y volviendo a fijarse en su compañero de habitación. Ahora que lo veía tumbado sin ese jersey azul de cuello de pico y los pantalones *Dockers*, no tenía tanta pinta de friki de colegio. Es más, la primera sensación que había tenido Candela al verle, concentrado en sus papeles, listados y cálculos, es que no era alguien que luchaba por los derechos de su colectivo de manera activa, sino que era un empleado gris que iba a un trabajo gris de oficina que no le entusiasmaba mucho.

—¿Bruno te ha puesto al día de cómo están tus compañeros de la asociación?

—Sí, qué alivio saber que no ha muerto nadie, pero la pobre Aloisi... —Severo mira hacia la ventana como si se sumergiera en algún recuerdo—. Me vienen *flashes* de memoria, imágenes sueltas del horror de esta tarde, y entre ellas, creo que la vi, antes de perder el conocimiento, cuando José Alberto y yo intentábamos salir de allí, desorientados por las explosiones y el humo, llegamos hasta la recepción y me pareció ver su cuerpo tirado en el suelo, tenía el lado derecho de la cara y el torso ennegrecidos y en carne viva al mismo tiempo. No se movía. Intentamos acercarnos para ver si seguía viva, pero en ese momento oímos un ruido muy fuerte encima de nuestras cabezas y no recuerdo más.

Candela siente lástima por él y sobre todo por la pobre Aloisi. Piensa en la suerte que ha tenido ella, e incluso Severo, por las heridas que tienen en comparación con la pobre recepcionista. Se fija en el enorme morado en la mandíbula de su interlocutor, su labio y ceja partidos, y un corte alargado bastante feo que le recorre el otro lado de la cara desde la oreja, cruza la mejilla y se queda a pocos milímetros del párpado inferior, justo por debajo de dos lunares medianos que tiene al final de las pestañas, muy característicos, y que ahora iban a estar acompañados de una gran cicatriz. El derrame dentro del globo ocular es bastante llamativo, todo el ojo rojo; Candela no puede evitar sentir un escalofrío al mirarlo y aparta la vista hacia las manos, le llaman la atención unas terribles cicatrices que le atraviesan las dos palmas por completo. Pero esas no han sido causadas por el atentado, son blancas, muy antiguas.

—Eso también debió de doler, ¿no? —Candela no puede evitar preguntar, haciendo un gesto señalando las manos de Severo—, veo que ya eres experto en cicatrices.

—Ah... ¿Esto? —Severo levanta y gira las palmas hacia la luz—. Las tengo desde pequeño.

—Siempre hay una historia detrás de una cicatriz, yo tengo muchas por el cuerpo, por eso sé que esas debieron dolerte mucho, más aún si eras pequeño.

—Pues la verdad es que no me acuerdo del dolor, pero sí de cómo me las hicieron.

—¿Alguien te hizo eso? —A Candela le pica la curiosidad por saber cómo se le podía hacer eso a un niño.

—Es una historia muy larga.

—Pues yo no tengo nada mejor en mi apretada agenda para las próximas horas, ¿y tú? —insiste Candela pensando que todavía les quedaban muchas horas de hospital hasta que les diesen el alta, y ambos parecían estar demasiado despiertos para poder dormir. Candela acciona el mando de la cama articulada y levanta aún más el respaldo para incorporarse del todo—. Además, creo que los dos necesitamos desconectar la cabeza de lo del atentado y hablar de cualquier otra cosa.

Severo asiente con la cabeza y también él levanta el respaldo de la cama.

—De acuerdo, pero solo si luego tú también compartes alguna historia de ti, de tus cicatrices o de lo que sea.

Candela acepta, y poco a poco cree que quizá se ha equivocado al prejuzgar a Severo por no verlo como un luchador «activo» y haberle considerado un hombre gris.

—Hecho. Tú me cuentas cómo te hicieron lo de las manos y yo cuento cómo recibí un balazo en la pierna cuando era policía.

—¿Un balazo?... ¡joder!... qué flipante, ¿no? —Severo abre los ojos muy sorprendido—. Lo mío no es tan alucinante, pero merece la pena que te lo cuente. Cuando era pequeño, vivía en un orfanato en las afueras de Madrid, en el Monte de El Pardo.

—¿Orfanato? —interrumpe Candela—, ¿y tus padres?

—Murieron en un accidente de coche cuando yo era muy pequeño, y no tenía parientes cercanos que pudieran ocuparse de mí, así que el Estado me envió a San Nicolás del Monte. Era una casona antigua en mitad del campo. —Severo sonríe al recordar su infancia—. La verdad es que los primeros años lo pasé muy bien con los otros niños. En cuanto teníamos oportunidad, nos íbamos a explorar por los alrededores como si fuéramos «los jóvenes castores» y jugábamos al escondite en un pinar cercano. El padre Damián nos llevaba al río para enseñarnos a pescar, el padre Bonete nos enseñó a buscar setas y cómo diferenciar las venenosas, y el padre Fermín era el cocinero. Siempre intentábamos colarnos en su despensa para robar los dulces que preparaba, pero nos pillaba a menudo. Y luego estaba el padre Clemente. —El gesto de Severo cambia al mencionar a ese cura, casi imperceptiblemente, pero Candela se da cuenta—. Era el prior del orfanato y quien nos daba las clases y oficiaba las misas. Rezábamos a todas horas. Los otros padres eran más cercanos y cariñosos, pero él era diferente, muy serio, adusto, apenas sonreía y era muy estricto con la enseñanza. Si las clases iban como el quería, nos premiaba llevándonos al monte para enseñarnos a cazar. Esa era su idea de diversión. Pero si éramos traviesos o hacíamos algo mal... —Severo traga saliva—... Nos castigaba.

Candela empieza a formarse una idea muy clara de la infancia de Severo.

—Lo de las manos, ¿te lo hizo él?

—No fue una sola vez —Severo continua su historia sin responder—. Cuando nos llevaba a cazar, no se trataba solo de aprender a disparar los perdigones o poner trampas. También nos enseñaba a limpiar las piezas que cazábamos y dejarlas listas para dárselas al padre Fermín. La primera vez que recibí uno de sus castigos fue porque estropeé varios conejos al desollarlos, lo hice mal, y como castigo él me llevó a su despacho, cogió el cuchillo que yo había usado y me hizo un corte en la mano izquierda. «Así lo recordarás y no volverás a equivocarte», me dijo mientras yo lloraba.

Candela está horrorizada imaginando la escena de ese crío al que le cortan en la mano por equivocarse.

—Como verás —añade Severo—, me equivocaba mucho. Pero lo peor llegó después, los castigos continuaron con múltiples excusas y, más aún, cuando mis tendencias sexuales comenzaron a manifestarse. Intenté ocultarlo durante mucho tiempo, pero al convivir con las mismas personas durante tantos años es difícil ocultar cualquier cosa. Cuando el padre Clemente descubrió mi orientación, intentó «corregirla» a base de cuchillo; una de las veces tuve las manos vendadas un mes. A mis compañeros y los otros padres les dijo que me había quemado con aceite caliente. A modo de mote, me llamaban «torpe» debido a todos los «accidentes» que tenía. Pero un día que fuimos de excursión a la sierra de Guadarrama, al río, allí cambió todo. De repente, su actitud hacia mí cambió por completo, me dijo que Dios me había hecho especial. Los castigos pararon, se volvió cercano y cariñoso conmigo, hasta el punto de que decidió tramitar los papeles de adopción y me dio su apellido, Severo Clemente. A lo largo de los años, aprendí a quererle y le perdoné. Le debo mucho. —Severo gira la cabeza hacia Candela, mirándola fijamente con ese ojo inyectado en sangre, y sonríe—. Incluso al final aprendí a manejar el cuchillo.

12

REVELACIÓN

Los engranajes en la cabeza de Candela no paran de girar y las piezas del puzle encajan. El hombre que está tumbado en la cama de al lado tiene el perfil completo: varón, mediana edad, alto grado de psicopatía; fachada de «hombre gris»; infancia desestructurada por pérdida de padres; falta de afecto; figura de referencia de tirano maltratador; acostumbrado a la violencia física; entorno ultrarreligioso; homosexual reprimido y, como colofón, experto en cuchillos... Si en ese instante Candela se teletransportase al pasado, a su clase de Perfilación Criminal de la Universidad de Ámsterdam, la fotografía de Severo Clemente aparecería, junto con todos estos rasgos, clasificada dentro de la etiqueta de «asesino en serie».

La sonrisa de Severo se torna malévola poco a poco, está disfrutando al observar cómo Candela ata cabos mentalmente sobre él. Mientras le contaba su historia, Severo aprovechó para deslizar la mano, sin que ella se diera cuenta, entre la sábana y el colchón para coger la lanceta que había tenido que esconder cuando la llegada de Martín le interrumpió antes. Al terminar de hablar, ya sostenía el bisturí entre los dedos, escondido bajo la sábana, preparado para atacar si fuera necesario. Pero, en realidad, tenía otros planes.

Todos los instintos de Candela están encendidos, se le tensan los músculos del cuerpo, pero no se mueve ni un milímetro. Tiene que calcular muy bien cómo actuar, sabe que él está jugando con ella, pero necesita ganar algo de tiempo para pensar cómo salir de allí o cómo neutralizarle: botón de llamada a las enfermeras, tardarían demasiado en aparecer; su móvil está sobre la mesilla, pero está frito por la explosión; algo para golpearlo o dejarlo inconsciente, no parece haber nada que le pueda servir. Necesita más tiempo y él aún no se ha movido, parece que quiere seguir contándole su historia.

—Lo ves… yo tenía razón —Candela comienza a hablar y de repente cae en la cuenta de las gafas de oxígeno que lleva puestas y que están conectadas a una pequeña botella, cuando la enfermera le ha hecho la cura la ha visto colgada en un soporte al lado de la cabecera de su cama, parece lo suficientemente pesada, pero va a tener que ser rápida con los movimientos, solo va a disponer de un par de segundos—, las cicatrices siempre tienen historias interesantes detrás, aunque te has equivocado en una cosa…

—Ah, sí… ¿en qué? —Severo entorna un poco los ojos con gesto curioso.

—La historia de tus cicatrices sí que es más alucinante que la de mi balazo y, desde luego, mucho más reveladora.

Mientras pronuncia la última palabra, mentalmente hace la cuenta atrás y cuando él entorna un poco más los ojos para reírse, Candela aprovecha para agarrar la bombona de oxígeno con una mano, quitarse las gafas con la otra y coger impulso para levantarse de la cama. Severo reacciona al instante y saca el brazo con la lanceta para abalanzarse sobre Candela. Ella solo consigue ver el destello de un objeto que brilla en la mano de él, es más rápido de lo que pensaba y ya ha conseguido ponerse en pie. Candela empuja el portasueros y uno de los ganchos golpea la frente de Severo, que cierra los ojos en un acto reflejo al ver aproximarse un objeto hacia su cara; en cuanto siente el golpe, resopla y lo aparta de un manotazo, ella ha conseguido un par de segundos más, los necesarios para maniobrar con la bombona. Le golpea la cabeza con el oxígeno. Pero a pesar de haber usado todas sus fuerzas, no es suficiente, no sucede lo que ella espera, Severo no pierde el conocimiento por el golpe, ni siquiera grita de dolor, a pesar de que le ha golpeado justo encima del enorme hematoma que ya tenía. El asesino sonríe mientras un abundante reguero de sangre comienza a caerle por la frente. Candela comprende que solo le queda la opción de intentar llegar hasta la puerta para abrirla y pedir ayuda, pero tiene pocas probabilidades de alcanzarla, él está en mitad del paso.

Severo se da cuenta de que el tubo del suero todavía está sujeto a la vía en el brazo de Candela y ha quedado a su alcance cuando ella le ha lanzado el portasueros. Con decisión le pega un fortísimo tirón al tubo y Candela cae violentamente hacia delante como una marioneta, hacia él. Severo se abalanza sobre ella y con el bisturí le lanza un corte al brazo. Candela siente una afilada hoja y que comienza a brotar sangre por la herida. En los dos segundos en que ella mira el corte del brazo, Severo la coge con fuerza y consigue agarrarla por el cuello con el otro brazo, no es la primera vez que hace esa maniobra, suelta el bisturí y le agarra el pelo para colocar la cabeza en el ángulo exacto del codo para asfixiarla. La tiene totalmente atrapada. Candela forcejea intentando golpear a su agresor, pero pronto comienza a ver borroso y nota que le falta el aire, no es capaz de recordar ningún movimiento de autodefensa para poder liberarse, está muy débil. En un último intento, reúne las pocas fuerzas que le quedan, pero él incrementa la presión. Siente el calor del cuerpo de Severo, nota su aliento, su sudor, pero empieza a perder la visión y le fallan las fuerzas en las piernas, está a punto de desmayarse.

—Sabes, Candela… —la voz de Severo le susurra en el oído—, no pienses que aquí acaba todo, te va a encantar lo que tengo preparado para ti.

Es lo último que Candela percibe antes de perder el conocimiento.

13

LA CONFIRMACIÓN

—No CREO que vayamos a encontrar nada, Martín. —Amorós está agotado, lleva ya dos horas sentado delante de la pantalla del ordenador revisando las grabaciones ilegales de las cámaras periféricas de la sede de LGTBIVA que le ha enviado el técnico de seguridad de Bruno—. No sé cómo me he dejado convencer para esto.

Pero el inspector no está solo, como había que revisar las grabaciones de un mes completo y eran tres cámaras grabando durante todo el día, Martín ha sugerido que se repartieran las imágenes entre los tres: Bruno, Amorós y Zumaia, para revisarlas con más rapidez. Así que cada uno está delante de una pantalla. Amorós ha aceptado a regañadientes, pero con el atentado y los asesinatos de las últimas veinticuatro horas, la comisaría está un poco saturada.

—Creo que lo tengo. —Bruno parece muy convencido, señalando su pantalla—. ¡Sí… sí que es él!... creo que ese es el vagabundo que decías, Martín.

Amorós y Martín se levantan a la vez y se acercan al monitor en el que aparece una imagen de la cámara del marco de la ventana de la sala de juntas, y, al otro lado de la calle, apoyado en el tronco de un árbol, se ve a un vagabundo con camisa a cuadros grises, pelo largo y barba.

—La grabación es del miércoles de la semana pasada —dice Amorós señalando los datos que aparecen en la parte inferior de la imagen.

—Esa es la hora a la que salimos Manuel y yo los miércoles de la oficina, justo después de la reunión semanal que solíamos tener —añade Bruno—. Mira, en la parte derecha de la imagen aparecemos los dos despidiéndonos en la acera. Yo me fui acera abajo y Manuel cruzó la calle en dirección a su casa.

En la grabación se ve muy claro que cuando Manuel desaparece de la imagen, el vagabundo comienza a caminar en esa misma dirección.

—Es nuestro hombre —concluye Amorós levantando el teléfono—. Trigo, ¿estás durmiendo o trabajando?... genial, te voy a enviar una grabación y necesito que le eches un vistazo para ver si puedes mejorar la resolución y conseguir una imagen nítida de una cara… es muy urgente, por favor.

—¿Trigo? —pregunta Bruno extrañado.

—Trigo es como llama todo el mundo al hijo de Amorós: Rodrigo, Trigo. Colabora con delitos informáticos, es un *crack*.

—¡JODER, joder!... no puede ser. —Martín se lleva las manos a la cabeza. El corazón se le va a salir del pecho—. Bruno, tú le conoces mejor… es él, ¿verdad?

Bruno está en *shock*, totalmente desencajado. Han pasado veinte minutos desde que lo mandaron y acaban de abrir el archivo que les ha enviado de vuelta el hijo de Amorós. Se ha desplegado una fotografía a pantalla completa, perfectamente nítida, con la cara del vagabundo y esos dos lunares que tiene al final de las pestañas son inconfundibles.

—Sí, claro que es él, es Seve… Severo Clemente.

Amorós se sienta delante del ordenador y comienza a teclear a toda velocidad.

—Voy a procesar la orden de búsqueda, Bruno, dame toda la información de…

—No te molestes, sabemos perfectamente dónde está —interrumpe Martín—. Da el aviso por radio. Tenemos que irnos, Amorós, ¡a toda leche!... El Predicador está en el hospital La Paz y le hemos dejado a solas con Candela hace un par de horas.

En pocos minutos Amorós y Zumaia están montados en el coche del inspector enfilando a toda velocidad el paseo de la Castellana en dirección norte. Martín conduce y el policía gestiona mil cosas casi al mismo tiempo: da el aviso por radio, habla con sus superiores, llama a seguridad del hospital, reenvía la fotografía del asesino a otras unidades y teclea en la pantalla de su tableta para ver toda la información de Severo que aparece en el sistema. Zumaia no para de mortificarse pensando en su ahijada, no debería haberla dejado sola, y, encima, seguro que Clemente escuchó todo sobre las cámaras ilegales, ellos mismos le habían puesto sobre aviso.

14

CONSECUENCIAS CÓSMICAS

El sonido de hojas de papel moviéndose despacio resuena en los oídos de Candela. Se siente mareada, débil, con ganas de vomitar.

—Por fin te despiertas. —La voz de Clemente enciende un botón de alarma en el cuerpo de Candela, que hace un esfuerzo titánico por intentar abrir los ojos y concentrarse en lo que está ocurriendo. No sabe dónde está, ni cuánto tiempo ha pasado, pero fuera está oscuro, todavía es de noche. Le vienen a la cabeza un par de *flashes* de memoria con imágenes de su lucha con Severo en la habitación del hospital. Consigue abrir un poco los ojos y mira a su alrededor, reconoce el sitio… está en Benites Consulting, su despacho.

Una sala amplia y espaciosa, con dos zonas bien diferenciadas. La zona de espera con una mesita baja de cristal entre un juego de dos sofás de cuero marrón y una cómoda en la que descansa todo el kit de cortesía para clientes: unos cuantos vasos, tazas, una cafetera de cápsulas, un hervidor, una pequeña neverita con puerta de cristal tras la que se ven las botellas de agua, y varias revistas apiladas. Una gigantesca estantería repleta de libros, archivos, fotos enmarcadas y premios recorre toda la pared de la sala. El eje central del despacho es un antiguo biombo oriental de tres hojas, aunque no muy grande, decorado con un cerezo en flor que separa la zona de espera del área de trabajo al fondo, ahí está su gran escritorio con su sillón giratorio a un lado y dos sillas de diseño al otro. Apenas se ve la superficie de la mesa, siempre cubierta de algunos manuales de consulta, carpetas y numerosos papeles desparramados por toda la superficie, incluso cubriendo el teclado de su ordenador; es el pequeño «caos estructurado» de Candela.

Se da cuenta de que está en una silla de ruedas, en la zona de descanso, en la esquina entre ambos sillones. A un lado está el sofá de tres plazas y frente a ella la mesita baja de cristal. Hay dos bolsas de plástico sobre el sillón. De una de ellas asoman sus cosas, su bolso, su ropa, sus llaves… y de la otra salen las pertenencias de Severo, todo desparramado sobre el sofá. Candela todavía tiene puesto el incómodo batín y una manta del hospital cubre sus piernas. Los brazos descansan sobre sus muslos y, bajo la manta, nota cómo unas sogas le rodean las muñecas y otras también le atan los tobillos; no están demasiado apretadas, pero aun así le desuellan la piel.

De nuevo, el sonido de hojas de papel moviéndose de un lado a otro llama la atención de Candela. Echa un poco la cabeza hacia atrás y la gira a la derecha para esquivar el borde del biombo que le tapa un poco la visión y así poder fijarse en la figura que se mueve tras su escritorio.

Severo está sentado tras la mesa, como si fuera el propietario de la oficina, se le ve cómodo, ojeando informes y papeles, recostado sobre el respaldo, balanceando la silla con suavidad de lado a lado como un niño que juega en el despacho de su padre.

—Me alegro de que te hayas despertado ya, porque estaba

empezando a aburrirme, y eso que he estado ocupado pasando el rato con una lectura muy entretenida. —El tono de la voz de Severo muestra seguridad, incluso se percibe un toque animado, de diversión, como si se hubiera metido un chute de gas de la risa o algo así. Candela no puede evitar pensar durante un segundo en la primera imagen que tuvo cuando se fijó en él en la sede de LGTBIVA, de friki empollón; cuánto se había equivocado.

—¿De qué lectura hablas? —Candela consigue que le salga un hilillo de voz.

Severo se levanta del escritorio con una sonrisa extraña y atraviesa la sala, se acerca a Candela, que todavía se siente muy débil y no puede pararse aún. Ella tiene la bata del hospital manchada de sangre por el corte del brazo, ha debido perder bastante mientras estaba inconsciente, pero la herida ya ha dejado de sangrar. Es una luchadora nata, pero es consciente de sus posibilidades estando atada y sin fuerzas, así que le sigue el juego al asesino, necesita ganar tiempo; por suerte, el miedo ha conseguido despejarle la cabeza. Clemente, que está vestido con un uniforme de enfermero de La Paz, agarra la silla de ruedas, le da una vuelta teatral a Candela y la empuja hasta situarla tras el escritorio del despacho, apartando un poco con el pie el sillón giratorio para hacer sitio a la silla del hospital. Severo coloca a Candela presidiendo la mesa y él la rodea, esta vez se sienta en una de las dos sillas frente al escritorio para ponerse cara a cara con Candela.

—He estado revisando tus archivos y he encontrado algo muy interesante… —Severo está en su elemento, disfrutando del juego con su víctima, en el fondo es vanidoso, busca enseñarle a Candela lo buen asesino que es, necesita recibir reconocimiento—. Que has tenido delante de tus narices quién era yo todo el tiempo, pero no has sido capaz de relacionarlo, no has visto las señales.

Ella no sabe a qué se está refiriendo. Severo sonríe y levanta dos carpetas azules, una en cada mano. Son las que Candela utiliza para clasificar cada caso que investiga.

—Por un lado, he encontrado tu dosier de la investigación contratada por Bruno para colaborar con la Policía y descubrir al Predicador. —Severo abre la carpeta y pasa las hojas y los pocos documentos que Candela había recopilado la tarde anterior, cuando estuvo allí esperando a que su cliente de la «infidelidad» llegase. Solo estaba la hoja de encargo de la investigación, un informe preliminar con los datos que Amorós les había facilitado del asesinato de Ingrid y Manuel, y varios artículos que había encontrado por Internet sobre el Predicador y el resto de las víctimas—. Y por otro lado... —Severo abre la segunda carpeta, que se ve más vieja y con más contenido, empieza a pasar las hojas—. Aquí tienes información sobre mí. Qué ironía, si hubieras juntado ambas carpetas, probablemente habrías conseguido deducir la identidad del Predicador.

Con una mano, Clemente suelta la segunda carpeta azul sobre el escritorio, justo ante los ojos de Candela y le hace un gesto para que ella misma la abra; y con la otra mano saca un extraño cuchillo de su bolsillo y lo sostiene en ristre, apoyando la empuñadura encima de la mesa. En cuanto Candela ve el filo, siente un escalofrío que le recorre la columna; ella ya ha visto ese cuchillo. Levanta la cara para poder mirar a los ojos a Severo, ese ojo diabólico inyectado en sangre, el enorme hematoma, las heridas, todo eso es lo que Candela tiene delante, pero lo que ella está viendo detrás es a un niño trastornado. Una mezcla de odio, furia y resentimiento lucha dentro del pecho de la investigadora, por fin lo comprende todo, ya sabe quién es ese asesino desequilibrado.

—No necesito abrir esa carpeta para saber quién es el Predicador. —Candela está completamente segura de la identidad real de Severo Clemente. Pone ambas manos encima de la carpeta azul.

Severo sonríe incrédulo.

—Sorpréndeme —se burla.

—«El aleteo de las alas de una mariposa se puede sentir al otro lado del mundo» —le dice Candela sin apartar la mirada de la cara del hombre.

—¿Qué...? —Clemente está pasmado, no comprende esa respuesta.

—Es un proverbio chino que significa que hasta el más mínimo acto puede amplificarse con un efecto cadena y alcanzar consecuencias cósmicas.

—¿Y eso qué tiene que ver con el Predicador? —pregunta Clemente.

—El Predicador es la consecuencia cósmica de unos hechos que tuvieron su origen hace muchos años y que han ido enlazándose en una cadena de sucesos hasta culminar en tu persona: un niño queda huérfano, un entorno carente de afecto, un déspota torturador, violencia, una orientación sexual reprimida, un adoctrinamiento, el fallecimiento traumático de un padre, la soledad, la rabia, la planificación y la venganza. Tu verdadero apellido no es Clemente... sino Ribera, Severo Ribera.

Sin soltar el mango del cuchillo, aplaude y sonríe complacido.

—Muy bien, investigadora Benites, te ruego que satisfagas mi curiosidad: ¿qué es lo que al final te ha llevado a descubrirlo?

—Ese es el cuchillo que utilizó el padre Gallardo Ribera para asesinar a Vanessa Alcázar hace cinco años. —Candela revive en su memoria la secuencia televisada del ataque a su amiga—. Tu padre asesinó a Vanessa delante de las cámaras de televisión de todo el país. Anoche, cuando estaba inconsciente en el hospital, no dejaba de revivir una y otra vez el asesinato de mi amiga. Supongo que el atentado en la asociación y el asesinato del matrimonio Alcázar reavivaron mi memoria… Gallardo alzó el cuchillo la primera vez y se vio, con toda claridad, esa característica hoja justo antes de apuñalar a Vanessa. Y al momento siguiente, una segunda imagen cuando se giró hacia las cámaras, hacia los asistentes, y volvió a alzar el cuchillo dejando ver, durante unos segundos, ese extraño mango que parece un hueso, un instante antes de caer abatido por los disparos.

—Sobresaliente en memoria a largo plazo, detective.

—Pero hay un par de cosas que se me escapan en todo esto. —Candela quiere desenredar la madeja y el asesino está encantado con poder alardear de su plan.

—Supongo que una de esas dudas es cómo ha llegado el cuchillo de mi padre, el mismo que usó él para asesinar a Vanessa, cómo ha acabado en mi poder si fue una prueba policial durante la investigación. —Severo se pone en pie—. Vamos a examinar tu lógica deductiva, Candela, así que, ¿cómo crees tú que un arma utilizada en un crimen y guardada en el depósito de pruebas de la Policía ha podido llegar a mis manos?

—Porque la has cogido tú o porque alguien te la ha dado. —Candela no quiere decirlo en voz alta, pero la lógica es clara y, por la expresión que pone Severo, no se equivoca—. Alguien que tiene acceso al depósito de pruebas… un policía.

—Sobresaliente también en lógica. Aunque lamento decirte que no sé quién es, nunca le he visto la cara ni conozco su nombre, solo que un policía me entregó el cuchillo para que pudiera llevar a cabo mi venganza. Y respecto a la otra duda, ¿cuál es la otra «cosa» que se te escapa?

—El atentado. Tú estabas allí, a mi lado, así que tú no

pudiste perpetrarlo, además resultaste herido, si no fuiste tú…
¿quién lo hizo?

—Obviamente yo no pude ser el autor material del
ataque. Y te equivocas al enfocar esto solo como una
venganza «personal». Siguiendo tu proverbio sobre la amplifi-
cación de las consecuencias, tienes que cambiar la manera de
ver todos los sucesos en su conjunto, su relación. Las consecuencias de mis actos trascienden más allá de mi persona, son
un mensaje, son la palabra de Dios, y si soy un predicador,
pertenezco a un colectivo, a un rebaño, a una orden que…

—No estás solo en esto —le interrumpe Candela totalmente horrorizada al descubrir esa implicación—, trabajas
con alguien más.

—Ahí te equivocas. —Severo balancea un dedo de
izquierda a derecha ante la cara de Candela—. Alguien no…
somos muchos y tenemos una misión, un proyecto: purificar la
sociedad, limpiar esta ciudad repleta de invertidos y perver-
tidos que pudren todo aquello que tocan.

—¿Pero tú te estás oyendo? Si tú eres homosexual, has
sufrido en tus propias carnes lo dolorosa que es la re…

—¡Basta…! ¡No, yo no! —Severo se levanta furibundo,
gritando, su expresión ha cambiado por completo, comienza a
caminar en círculos, haciendo aspavientos en el aire con el
cuchillo—. Mi padre me curó, me hizo ver lo especial que soy,
y después me lo arrebataron, por culpa de esa zorra pelirroja
me quedé solo en el mundo… —No puede contener las
lágrimas por la rabia, cada vez camina a más velocidad
haciendo círculos más pequeños, parece un animal salvaje
enjaulado—. Pero CustoSpirituali me encontró. Ellos me
abrazaron y comprendieron mi naturaleza, me enseñaron a
dominar mis impulsos, me entrenaron, me convirtieron en el
portador de su mensaje, en…

Candela ya había visto ese comportamiento cuando era

policía, cuando un criminal inestable se siente acorralado o comienza a dudar de la realidad ficticia que se ha construido durante años. Es como el vapor que libera una olla a presión, no se puede detener el flujo hasta que aquello se libere por completo; si se obstruye, la olla explota. Ella sabe que, hasta que eso ocurra, la atención del sujeto hacia el entorno que le rodea es menor, los equipos de asalto suelen aprovechar esos episodios para reducir al sujeto. Pero hay que tener cuidado, cuando haya terminado de liberar presión buscará recuperar el control y fijará su atención en la víctima… en ella. Debe darse prisa.

Candela aprovecha un breve instante en que él le da la espalda mientras cierra el círculo de pasos. La carpeta azul que tiene sobre las manos está justo encima del teclado de su ordenador. El ángulo de la pantalla abierta del portátil oculta de la vista de Severo las manos de ella. Con un movimiento rápido, desliza las manos bajo la carpeta. Candela siempre deja su portátil hibernando, nunca lo apaga. Pulsa dos teclas y el ordenador se enciende. Antes de que Severo se gire, Candela pulsa el comando para bajar al mínimo el brillo de la pantalla.

Vuelve a estar de frente a ella.

Candela coge aire, esperando que él no se dé cuenta de nada.

El Predicador sigue caminando inmerso en ese estado, hablando de su realidad, La Orden, los acólitos, etc. y continúa andando hacia la siguiente vuelta.

Candela aprovecha esta nueva distracción y rápidamente pulsa el icono de Skype, activa el micrófono, silencia el volumen del altavoz y selecciona el contacto de Amorós para enviar una videollamada.

Severo gira, vuelve a estar de frente y continúa con su discurso.

Amorós todavía no ha aceptado la llamada, sigue «conectando». Pero Severo se detiene en seco, se calla y se da la vuelta fijando la mirada en Candela. Cuando da el primer paso hacia ella, la *webcam* se conecta y en la pantalla aparecen dos ventanas, en una se ve la cara de Amorós y en la otra la de Candela. Si Severo rodea la mesa verá la pantalla, tiene que mantenerlo donde está, distraerlo.

—Sabes una cosa… —Candela se la juega mientras la cabeza de Amorós se mueve en la pantalla, gesticula, gira su móvil, aparece Martín en la imagen, parece que están en un coche, los dos están gritando al teléfono, aunque ella no los escucha—. Todavía no me explico cómo has conseguido sacarnos del hospital y venir hasta mi despacho sin que nadie se haya enterado.

—No ha sido tan difícil. —Severo sonríe, complacido con la pregunta.

Candela es muy lista y sabe qué tecla pulsar. El asesino había liberado la presión, pero ella lo ha devuelto a su ser antes de que él se centrase en su víctima para concluir el fin que le ha llevado hasta allí; ella ha apelado a su vanidad para que la deslumbre con su ingenio. Además, si Amorós y Martín han escuchado lo suficiente, ya saben dónde encontrarlos.

El asesino retoma, más relajado, sus movimientos en círculos y su explicación.

—Robé la silla de ruedas, el uniforme de enfermero, una chaqueta de sanitario, te monté en la silla como si fueras una enferma y bajamos a urgencias. En cuanto llegó una ambulancia, los técnicos entraron con un accidentado y vi la oportunidad, te subí a ella y nos marchamos.

En cuanto él ha comenzado con la explicación, Candela se ha fijado en uno de los manuales que hay sobre su escritorio, justo al lado de su ordenador, se fija en la pequeña y planísima silueta de una tortuga oscura que asoma de entre sus páginas.

Es un recuerdo que le habían traído unos amigos de un viaje a Tanzania. Parece un simple e inofensivo marcapáginas, pero en realidad es un abrecartas de madera de ébano que Candela utiliza como señalador improvisado en su «caos». Quizá pueda alcanzarlo, pero tiene que hacerlo con cuidado, despacio, para que Severo no se dé cuenta de lo que intenta. Tiene que seguir distrayéndolo un poco más.

—¿Por qué te infiltraste en LGTBIVA? —Candela lanza otra vez la caña al ego del asesino para mantenerlo distraído —, podías simplemente vigilar al matrimonio Alcázar sin tener que exponer tanto al Predicador.

Con las manos todavía bajo la carpeta azul, Candela las mueve despacio hacia la derecha, las sogas se le clavan en la carne por la tensión de desplazar también un poco la carpeta para seguir manteniéndolas ocultas, tiene que conseguir alcanzar la tortuga y extraerla del libro sin hacer ruido. Sabe que no mantendrá distraído a Severo durante mucho tiempo y no debe moverse demasiado porque podría darse cuenta.

—La respuesta a eso es tan sencilla —contesta el asesino levantando el cuchillo y moviéndolo como si fuera un director de orquesta con su batuta, parece embebido en sí mismo—, por puro placer. Por deleitarme observando la venda en los ojos que tenían Ingrid y Manuel mientras preparaba mi venganza delante de sus narices. Pero, Candela…

A la investigadora casi le da un vuelco el corazón cuando él pronuncia su nombre. Ha conseguido desplazar las manos y acercar la carpeta dos centímetros a la derecha, lo justo para ocultar la tortuga debajo. Con las yemas de los dedos roza la madera del abrecartas, pero piensa que él ha descubierto lo que está tramando a pesar de la máscara de inexpresividad que ella intenta mantener, sin embargo, respira aliviada al ver que continúa hablando, solo ha buscado comprobar que tiene toda su atención.

—Te voy a confesar un secreto, al principio fue muy duro, me costó mucho aprender a dominar mi ira y mis impulsos, a tener paciencia para no matarlos de cualquier manera en plena calle. Pero despué La Orden me enseñó que… —Severo se calla un instante. Candela siente que la adrenalina comienza a recorrerle el cuerpo, cada vez que el Predicador se queda en silencio, ella teme lo peor, pero ya ha conseguido deslizar el abrecartas fuera del libro y lo mantiene oculto bajo la carpeta; ella sabe que el filo no es lo suficientemente cortante para romper las cuerdas, así que no lo va a intentar, pero es una buena opción para poder defenderse con algo cuando el asesino decida acabar su trabajo. Severo continua —. Antes me has dado envidia, voy a imitarte y te voy a decir mi cita preferida para que comprendas de lo que te hablo: «Es el cuchillo que se clava más lento, él que se toma su tiempo, el que espera durante años sin olvidar y se mete entre los huesos silenciosamente, ese es el cuchillo que corta más profundo».

—No la había oído nunca. —Candela mira por el rabillo del ojo la pantalla del portátil, la imagen de la *webcam* de Amorós es un caos de sombras moviéndose, parece que corren por la calle—. ¿De quién es?

Candela se ha despistado una fracción de segundo mirando hacia la pantalla y cuando busca los ojos de Severo, él la está mirando fijo, estático, parece que se ha dado cuenta, sospecha que ella trama algo. La expresión del Predicador se vuelve oscura, aprieta el cuchillo entre los dedos y una voz cavernosa sale de su garganta.

—De un asesino justo antes de apuñalar a su víctima.

Severo se arroja a toda velocidad hacia Candela. Ella sabe que no podrá levantarse con rapidez de la silla de ruedas y menos con las sogas en los tobillos, así que apoya los pies contra su mesa para impulsarse hacia atrás y poner todo el espacio que pueda entre ambos. Él alza el cuchillo, pone un pie sobre una de las sillas que hay frente al escritorio y se impulsa lanzándose como un animal salvaje por encima de la mesa, abalanzándose hacia ella. Candela agarra el abrecartas con fuerza y espera dos segundos más a que él esté un poco más cerca…

—Un segundo más, otro segundo más… ¡ahora!

Justo en el momento en que baja el brazo para intentar hundir el cuchillo en el pecho de Candela, ella coge impulso para ponerse en pie, golpea con el hombro la cara sorprendida del asesino, desequilibrándolo, estira la mano y con toda la precisión de la que es capaz en ese momento hunde el abrecartas dentro del ojo inyectado en sangre. Aunque no consigue clavarlo más que un par de centímetros mientras intenta esquivar la acometida del cuchillo.

Severo suelta un grito desgarrador a la vez que ambos caen al suelo. El Predicador lo hace sobre su espalda sin dejar de soltar alaridos. Con un brazo, lanza cuchilladas al aire sin acertar en ningún blanco, y con la otra mano agarra el abrecartas clavado en su ojo y se lo arranca, resoplando por el dolor y soltando espumarajos de rabia por la boca. Candela aprovecha esos segundos para gatear bajo la mesa, pero una punzada de dolor intenso la hace gritar. Severo se ha dado la vuelta y ha conseguido lanzar una de las cuchilladas al pie desnudo de Candela. Ha clavado la hoja con tanta fuerza que ha atravesado la planta del pie hasta el empeine y hundido la punta en el suelo de madera. El asesino la agarra por el tobillo, impidiendo que pueda levantar el pie para arrancarse la hoja del cuchillo. Candela se retuerce, atrapada como un gusano en un anzuelo. Él saca el otro cuchillo que guardaba en el bolsillo para completar su ritual.

De pronto, un estruendo irrumpe en la sala y se produce el caos… un fuerte golpe metálico que rompe la puerta de acceso al despacho, un montón de haces de luz de linternas, pasos y numerosos gritos. Severo ignora esos ruidos, está totalmente fuera de sí, se abalanza de nuevo sobre el cuerpo de Candela, que no deja de forcejear intentando liberarse. Él grita, alza el cuchillo y el sonido de un único disparo llena la sala.

Un cuerpo cae a plomo sobre el suelo.

—Sospechoso abatido. —La voz del inspector Amorós comunica por radio a los demás policías que el Predicador ha muerto. Varios agentes se despliegan por la habitación y Martín corre hacia Candela, que sigue retorciéndose de dolor, atrapada con el pie anclado al suelo. Zumaia arranca el cuchillo para liberar ese pie. A ella ya ni siquiera le quedan fuerzas para gritar, solo se aguanta, se agarra el tobillo con la boca abierta en una mueca imposible, pero sin emitir sonido alguno. Martín corta las cuerdas con el cuchillo, toma a su ahijada en brazos.

—Ya está, Nela, lo has conseguido, todo ha terminado.

Ella rompe a llorar y lo abraza con fuerza.

—Vámonos.

Martín y Candela salen de allí, camino de vuelta al hospital.

15

CERRANDO HERIDAS

—Al final no te dijo de quién era la cita. —Rosa Torres se acerca a Candela en las escaleras de los juzgados de plaza de Castilla. El sonido de sus tacones y su perfume de jazmín son inconfundibles y le sacan una sonrisa.

—No sé a qué te refieres —contesta Candela, esperando al final de la escalera a que la forense la alcance.

—He asistido a la sesión del juicio de hoy y la grabación que hizo Amorós de la videollamada que le hiciste es escalofriante.

—¡Ah, eso!... Puf... he procurado cerrar los ojos para no ver lo hecha polvo que estaba al final del día más largo de mi vida. Pero tienes razón, incluso solo con escuchar el audio ya resulta escalofriante, y tú, ¿entonces sabes de quién es la cita? —Candela no había vuelto a escuchar la grabación ni a pensar en esa cita en los últimos seis meses, el tiempo que duró la investigación y la instrucción del caso.

—*Of course, my dear...*, ¿con quién crees que estás hablando? —Además de ser un genio en el terreno profesional, la forense ya había demostrado en numerosos torneos de

Trivial sus extensos conocimientos en cultura general—. La frase del «cuchillo lento» se la dice Talia al Ghul a Batman cuando se «quita la máscara» y desvela que ella ha sido su archienemiga desde el principio y que va a matarle apuñalándole.

Candela no puede evitar reírse, esta mujer no deja de sorprenderla.

—Rosa, definitivamente tengo que ir a ver ese pequeño museo de los superhéroes que tienes en tu casa.

Las dos ríen y en ese momento se les acerca Martín, que también ha salido por las puertas del juzgado. Hace una mañana gris y plomiza, y el viento invernal es frío en Madrid. Los tres deciden ir a una cafetería cercana a tomar algo.

Candela todavía se resiente de su herida en el pie cuando camina, le han quedado dos bonitas cicatrices en la planta y el empeine, y ha tenido que someterse a varias cirugías y mucha rehabilitación, pero no ha quedado tan mal.

—¡Vaya! —dice Martín al coger un ejemplar del 20 Minutos que alguien se ha dejado olvidado en una mesa del bar—. Hoy han publicado un reportaje superlargo sobre este caso CustoS.

—No me sorprende —añade Candela—. ¿Quién iba a imaginarse, cuando empezaron los asesinatos del Predicador, las implicaciones y ramificaciones que iba a alcanzar la trama de esa organización, CustoSpirituali…? Jueces, políticos, policías, empresarios… hasta productores y actores de cine y televisión. Los tentáculos de esa orden eran inmensos y estaban muy arraigados en la sociedad española, desde los tiempos de la Dictadura.

—Lo más increíble para mí fue el momento en que destapamos quién era la figura de ese líder, el Custodio, el tal Jericó. —Martín se había visto muy afectado el día que Amorós le confirmó que la última persona que solicitó el acceso a las pruebas del caso de Vanessa Alcázar fue el inspector Ángel Medina de Montesa. Él había sido quien robó el cuchillo del padre Gallardo para entregárselo a Severo. Fue el cerebro de toda la trama, y Martín había trabajado con él en la comisaría toda su vida y jamás lo sospechó—. Hasta sale una foto de él en el artículo del periódico.

—Pues yo nunca podré olvidar la satisfacción que sentí en el momento que Medina de Montesa fue arrestado por el comisario Leyva. Fue el propio comisario quien me llamó al hospital a los pocos días de la muerte de Severo para avisarme y permitirme estar presente durante su arresto —explica Candela mientras pide una ronda de cervezas para celebrarlo —. Recuerdo esa mañana como una de las más felices de mi vida, a pesar del dolor que tenía por todo el cuerpo y de la silla de ruedas en la que Martín tuvo que llevarme.

—No mientas, Candela, estabas superfeliz esa mañana por el «chute» de morfina que te habían puesto para permitirte salir del hospital. —Rosa consigue que los tres rían a carcajadas.

Candela coge el periódico de Martín mientras los otros dos cambian de conversación y este le cuenta a Rosa un par de sus batallitas cuando era un joven policía en Leganitos.

En el reportaje, el periodista explica a fondo muchos aspectos de la investigación en la que Martín y Candela habían colaborado con la Policía de manera oficial. Aparecen las fotografías de los miembros más relevantes de CustoS y una fotografía de la sede de la organización, en la que habían hallado numerosa documentación y que resultó ser el palacete en el Monte de El Pardo, que, anteriormente, albergó el orfanato de Severo. Cuando Gallardo Ribera fue abatido a tiros después de asesinar a Vanessa, hacía ya unos años que la institución para albergar niños había desaparecido y la Iglesia «prejubiló» a Ribera por sus dementes tribulaciones.

Pero el cura había comprado y restaurado la ruinosa propiedad con sus ahorros y las múltiples donaciones que consiguió a través de los simpatizantes de sus delirios ultra-conservadores.

Además, en la investigación se había destapado la relación de amistad desde la infancia que existió entre Gallardo y Medina, los padres de ambos combatieron juntos en las filas del Ejército, en el bando de los nacionales. Pero el destino hizo que el policía que abatió a tiros a Ribera aquel día fuese Medina. Nunca se perdonó a sí mismo el haber tenido que disparar a su gran amigo y dejar huérfano de nuevo a Severo. En ese momento decidió convertirse en su mentor en la sombra, se convirtió en Jericó. Lo más irónico es que Severo nunca supo la identidad del policía que mató a su padre.

En el resto del reportaje aparece la cronología de los asesinatos del Predicador, breves biografías de las víctimas, el triunfo de la Policía por haber frustrado a tiempo dos atentados más que la organización había preparado para los actos de las fiestas del Orgullo.

Probablemente, la única cosa buena que había salido de todo aquello es que LGTBIVA recibió tanta atención mediática que les llegaron ingentes donaciones, hubo incremento en el número de suscripciones de socios y ganó bastante «peso» para presentar batalla a los políticos y organismos gubernamentales. Candela se alegraba muchísimo por ello. Así el legado de Vanessa y sus padres continuaría.

Al final de todo el artículo del periódico, el periodista anuncia su libro que verá la luz en breve con las confesiones del cerebro de la trama: Medina de Montesa.

Martín le da un leve codazo a Candela para que salga de su absorbente lectura.

—Nela, prepárate que hoy tiene pinta que va a ser otra mañana feliz para ti. —Martín señala hacia la puerta del bar y los tres observan a la abogada de Candela entrando en el bar.

—Te estaba buscando, Martín me ha escrito para decirme que ibais a estar aquí tomando algo. —La cara de Rebecca Wollstein estaba radiante de felicidad. Pide otra cerveza al camarero y se sienta con ellos—. He tardado un poco más en salir del juzgado porque me han llamado de mi bufete para avisarme que había llegado la notificación del juez Andrade… Ha dictado la sentencia en el caso de tu denuncia por acoso a Medina. Sin duda, ha adelantado su decisión para aprovechar el tirón mediático del caso CustoS. Candela…, has ganado, le han declarado culpable por acoso.

La investigadora no se lo puede creer, por fin ha ocurrido, por fin esa herida se ha cerrado también. No puede evitar que se le escapen las lágrimas. Había sido una experiencia horrible el día que tuvo que declarar ante el juez por el acoso y los tocamientos a los que Medina la sometió en el vestuario de la comisaría. Explicar todos los detalles repugnantes en la sala del juicio, delante de tanta gente, le había costado mucho, pero mereció la pena.

—¡Ese cabrón tiene lo que se merece! —Candela levanta su cerveza para brindar por ello. Todos la acompañan en el brindis.

—¿Estás segura de que quieres hacer esto? —le pregunta Martín mientras conduce en dirección a Alcalá Meco.

—Al cien por cien —contesta Candela—. Lo necesito.

Al poco rato, ella está esperando en la sala de visitas de la cárcel. Ángel Medina de Montesa aparece por la puerta del fondo, acompañado por un guardia. La pinta del «ser» que ahora tenía delante, con la barba de varios días, el chándal cutre y los rizos despeinados, distan mucho de aquel engominado, prepotente y chulo, estilo Mauricio Colmenero, que la había atormentado hasta el punto de hacerla abandonar el CNP.

—Comtessa, no hace falta que te sientes —le indica Candela—, solo he venido para decirte una cosa y me marcho.

Medina pone cara de sorpresa, primero al descubrir quién había ido a verle, y segundo porque no comprende por qué Candela dice eso.

—Probablemente no recuerdes las palabras que me comentaste aquel día, a las puertas del Anatómico Forense. Te refrescaré la memoria por si acaso, me dijiste: «Sabes, en el fondo no me importa que tú la cagues, así podría encerrarte en el calabozo y terminar la historia que dejamos a medias». Pues bien, he venido para decirte que tenías razón, en esta cárcel termina nuestra historia, y por si no te ha quedado claro, ¡yo he ganado, cerdo!

La investigadora se levanta, se da la vuelta y se marcha de allí tras haber dejado a su acosador con cara de estupefacción. Candela nunca había disfrutado tanto de un triunfo como en esa ocasión.

Por fin está preparada para retomar su actividad en Benites Consulting junto con su socio, Martín. Además, por el módico precio de asistir a veintidós jornadas de cine casero para ver la saga completa de los superhéroes de Marvel, había conseguido a su nueva colaboradora estrella, la forense Rosa Torres.

NOTA DE LOS AUTORES

La mejor recompensa para nosotros como escritores es que tú, estimado lector, hayas disfrutado de la lectura de esta novela. La mejor ayuda que como lector nos puedes ofrecer es brindarnos tu opinión honesta acerca de ella.

Para nosotros es sumamente importante tu opinión ya que esto nos ayudará a compartir con más lectores lo que percibiste al leer nuestra obra. Si estás de acuerdo, te agradeceremos que publiques una opinión honesta en la tienda donde adquiriste esta novela. Nosotros nos comprometemos a leerla.

Si deseas leer otra de nuestras obras de manera gratuita, puedes suscribirte a nuestra lista de correo y recibirás gratis una copia digital de *Emboscada*: Max Cornell *thrillers* de acción n.º 1. Así mismo te mantendremos al tanto de nuestras futuras publicaciones. Suscríbete en este enlace: https://www.autopublicamos.com/emboscada

Finalmente, si deseas contactarte con nosotros puedes escribirnos directamente a adrian@autoresaragon.com.

Nuestros mejores deseos,
Adrián y Miguel Aragón